ちぐはぐなディナー

UN SIMPLE DÎNER

CÉCILE TLILI

セシル・トリリ

加藤かおり〈訳〉

講談社

本作品は、アンスティチュ・フランセのパリ本部の翻訳助成金を受給しております。

Cet ouvrage a bénéficié du soutien
du Programme d'aide à la publication de l'Institut français

INSTITUT FRANÇAIS
Liberté
Créativité
Diversité

装幀｜albireo
装画｜古沢有莉

ちぐはぐなディナー

1

クローディアはキッチンの壁に背をつける。日中のあいだに石膏《せっこう》壁に蓄《たくわ》えられた熱が、腰、肩甲骨、肩に広がっていく。首ががくりと前に傾《かし》ぐ。頭が途方もなく重い。胸元に何本か赤い筋が浮いているのを目にして、いっそうぐったりと壁にもたれかかる。鶏肉《とりにく》にオイルを塗りこんだせいでまだ脂じみている両手で、白塗りの壁を汚してしまっているのもかまわずに。

このキッチンは息苦しい。夜の八時になろうとしているが、肌を焼こうといまだに鎧《よろい》戸《ど》の隙間《すきま》から日射《ひざ》しが差しこんでくる。それともキッチンが蒸《む》し風呂《ぶろ》と化したのは、たぶんカレーのせいなのかもしれない。こんな暑い日に、ホットでスパイシーな料理をつくろうだなんて。エティエンヌにはサラダでじゅうぶんと言われていたのに。

そのエティエンヌが近づいてくる。「もうすぐ来るぞ、クローディア。シャワーを浴びておいで」

エティエンヌのほうは爽《さわ》やかでこざっぱりとしている。首筋に彼の手が置かれる。親指にどくどくと脈打つ血管を感じたのだろう、信じられないという表情でたずねてくる。

「これって、ディナーを準備したせいか？　シャワーを浴びておいで。すっきりするから」

そして首から襟元へと手を滑《すべ》らせる。やさしくうなじをつかみ、廊下とバスルームのほうへクローディアをそっと押し出す。か細い首。鶏《にわとり》の首はごみ箱行きになった。臓物と一緒に。精肉店の主人は、なんとしてでも鶏の部位をすべて漏れなくクローディアに渡そうとする。そのせいで彼女はいつも、オレンジ色がかった肉のあいだにまじるあれらの異物を困惑の目でいっとき眺《なが》めるはめになる。黒っぽい内臓のてらてらした表面、くったりと曲がった首、いまや危険ではなくなった蹴爪《けづめ》を。

「うん。そうする」

バスルームの鏡に映るクローディアの裸体は、深紅と白のモザイクだ。彼女は三時間近くかけて料理をつくった。みじん切りにした玉ねぎのにおいはしぶとくて、獲物を離すまじといつまでも両手にまとわりついている。クローディアはニンジンとズッキーニを賽《さい》の目《め》に切り、干しブドウを水に浸《つ》けて戻し、油跳ねをものともせずに熱々のフライパンを振るった。両手鍋《りょうてなべ》から立ちのぼる湯気を逃れるほんのわずかな隙を見つけるや、アパルトマンのなかを歩きまわり、整え直すべきクッションがないか、置き直すべき飾り物がないか確かめた。テーブルは子どものままごとセットのようにかわいらしく整えられている。リビングのあちこちに、ピスタチオとオリーブをこんもりとよそった小皿も置いた。

シャワーの混合水栓を《冷》にまわす。迸《ほとばし》る水がカレーとニンニクのにおいがする汗と一緒に、あちこちに浮いた赤くて見苦しい斑点《はんてん》を消し去ってくれるのを期待して。胸の谷間、そしてすでに少し膨《ふく》らんでいる腹を下り、脚を伝い落ちて排水口に吸いこまれていく水流に目を凝《こ》らし、半《なか》ば透き通った足の皮膚の下をうねってのびる血管の筋を見つめる。気後れがして尻込《しりご》みしたくなる気持ちが胸の内にせりあがってくる。エティエンヌの友人たちと本格的に顔を合わせるこの初めての機会に、クローディアは主婦の役割を完璧《かんぺき》に演じようと思った。その役割を、深く考えもせずに、どうせやるなら徹底的にやろうと引き受けた。必要なのは、完璧な演出と美味《おい》しいディナーだった。そしていま、今度は自分を美しく仕上げなければならない。実際のところ、当然ながらエティエンヌの望みはこれだから。「シャワーを浴びておいで。すっきりするから」この言葉の意味するところは、「人前に出ても恥ずかしくないよう身だしなみを整えろ。きれいにしつらえた舞台にふさわしい姿になれ」だった。

タオルで強くこすったせいで皮膚が赤剝《あかむ》けしたようになっている。冷たいシャワーを浴びたおかげで、頬《ほお》の赤みは引いた。けれどもこの先の夕食会のことを考えると、さっきにも増してカッと頬が熱くなる。黒いワンピースに身を包み、顔じゅうにどんどん広がっていく赤紫色の斑点を隠そうとファンデーションを塗る。もう一度水を浴びるべきなのだろうか――石鹼《せっけん》のヴァーベナの香りの下にカレーのにおいがまだ残っているような気がするけれど、もう時間がない。あの人たちが来てしまう。

バスルームの鏡に映る自分の姿を検分し、エティエンヌの友人たちが目にするであろう自分の姿をみとめる。不器用でぱっとしない若い女。意見も話題もない女。おそらく家のなかのことをうまくやれるという理由で、当人のほうが目立ってパートナーを霞《かす》ませる心配がないという理由で、エティエンヌが選んだ女。彼女はこのいかにも誇張《こちょう》された人物像にみずからを近づけるために、彼らとは正反対の、つまり自分がこう見られたいと願っている自分とは正反対の人物にみずからを仕立ててあげるために、愚かしくも真面目《まじめ》に全力で取り組んだ。つまり、つねに時間に追われ、仕事に忙殺され、実際的な物事を片付ける時間を五分と捻出《ねんしゅつ》することができず、生き馬の目を抜くようなビジネス界と目まぐるしいパリの暮らしに翻弄《ほんろう》されている彼らの対極にいるような人物に見えるよう努《つと》めたのだ。

あの人たちを相手にどんな話をしたらいいか、どんなふうに振る舞ったらいいか考えるべきだった。舞台装置の演出に躍起になるのではなくて、人物像の内面をもっと練りあげるべきだったのだ。

　クローディアって控《ひか》えめな人だね。彼女はこれまで何度も耳にした自分を形容するこの言葉を地で行こうと考えている。目立たず脇《わき》に控え、姿を消したいと思っている。好奇の視線、あるいはおざなりに投げかけられる無関心の視線を逃れたいから。こちらが二言三言発した途端に相手の目に浮かぶ退屈の影をみとめる気まずさを避けたいから。もちろん、黙っているという選択もある。黙って微笑《ほほえ》む。ほかの人の冗談に笑い声をあげる。けれども彼女は知っている。その場合、向こうはもっと残酷にジャッジする。クローディアは飾り物と同じだ、なんの面白みもないと。

　ソファに座っているエティエンヌのもとに戻る。彼は仕事場から持ち帰った書類に目を通している。目を上げることなく片手で引き寄せられる。エティエンヌの手は彼女の胸郭の半分をつかめそうなぐらい大きい。彼の指がクローディアの肋骨《ろっこつ》とその隙間を、ピアノを弾《ひ》くように叩《たた》いていく。黒鍵《こっけん》、白鍵《はっけん》、白鍵、黒鍵。指がクローディアのせっぱつまった心の旋律を奏《かな》でていく。彼女はエティエンヌにたずねようかためらう。ジョアルとレミのこと、少し話して。仕事以外でどんなことをしてるのか、どんなことが好きなのか、教えて。顔を合わせる前に準備をする時間はたぶんまだある。けれどもエティエンヌには理解できないだろう。読み返している契約書から驚いたように片目を上げ、直接本人たちに聞いてみれば、とアドバイスするはずだ。

クローディアはじっとしていられなくなり、立ちあがってキッチンに戻る。てっぺんに花とブドウの木の石膏飾りをあしらったリビングの姿見に、黒いワンピース姿の若い女性が映っている。褐色の前髪の隙間からこちらを見つめ返してくるその女の顔は、火の玉のように真っ赤だ。

2

ジョアルは夕暮れのなかを歩いている。タクシーの運転手には、エティエンヌが住む建物の数ブロック手前で降ろすよう頼んだ。夕食会で室内に閉じこめられる前に、少しばかり新鮮な空気を吸いたかった。足の運びは遅い。もともと予定になかった、そしてすでにうんざりさせられているこの夕食会に出向くのに急いではいなかった。彼女は夏の宵《よい》のどっしりと重い香りを長々と吸いこむ。このあたりの街路は幅が広い。一部の窓にはストライプ地のシェードが取りつけられていて、そよ風に吹かれてさわさわと揺れている。木々のざわめきが靴音に付き添い、頭上には彼女を守ろうとするかのように林冠がアーチを描いている。

ラスパイユ大通りにあるエティエンヌのアパルトマンが入った建物の下まで来た。ジョアルはベンチに腰を下ろして息を吸う。空に何本か灰色の筋が走っている。乾いた木の葉と戯《たわむ》れていた突風が、その暖かい息を彼女の唇《くちびる》に吹きつけにくる。いい加減、ざっとひと雨降ってほしい。ひと雨降ってこの八月末の湿気《しっけ》を一掃し、ついでに日中の汗と疲れを運び去ってくれればいい。彼女は頭をのけぞらせる。視線の先でプラタナスの葉叢《はむら》が空の青をバックに、オークル色の幾何学模様をつくり出している。ティーンエージャーの頃に楽しんだステレオグラムを思い出す。あのときみたいに目の前にある抽象的な模様に見入っていたら、隠されているイメージが浮かびあがってくるのかも。そんな考えが心に浮かぶ。

このままベンチに座り、街が繰り出す映像を見つめながら夜を過ごしたい。ジョアルがもう街を眺めることはなかった。毎日、御影石《みかげいし》とコンクリートの怪物のような職場のビルを出ると熱気のこもるセダンに乗りこみ、パリの西の郊外にある大きなアパルトマンに帰る。帰宅するとシャワーに直行する。たまにレミと顔を合わせることもあるけれど、たいていはひとりだ。待ちくたびれたレミがひとりで外出してしまうか、すでに寝ているからだ。

もう夜に外を歩くこともなかった。彼女の人生の舞台となったビジネス街に夜はない。においもなければ、歩調を緩《ゆる》める足音もない。強烈すぎる灰色が、夏の夕暮れの明るさを覆《おお》い隠《かく》している。数少ないしょぼくれた木々が、おぞましい石の臼歯《きゅうし》に根っこを挟まれたまま、人びとの視線を逃れようともがいている。あの一帯の無機質な画一性に水を差していることを恥じるかのように。それらの木にジョアルがもう目をやることもなかった。うつむき加減で四角いヒール——ヒールが細すぎると、御影石のタイルの隙間に挟まって足首を折る危険がある——をカツカツ鳴らしながらコンクリートの地面を歩きまわる。あの界隈《かいわい》にいる女性たちがみなそうであるように、彼女も地味な色合いのスーツを着こみ、髪をつやつやのストレートにして闊歩《かっぽ》する。ガラスと鋼鉄のビルのてっぺんに目を向けることもない。耳にイヤホンを挿したまま、こっちの打ち合わせからあっちの打ち合わせへと飛びまわる。

　ジョアルの肉づきのよい尻《しり》はベンチの上で快適なクッション代わりになっている。ヴァカンスのあいだに体重が増えた。甘いものを食べすぎた。仕事に追われるあの過酷な日々のリズムにひとつだけ利点があるとすれば、それはスイーツの誘惑を遠ざけてくれることだ、と彼女は思う。脚をベンチに引きあげて、両膝《りょうひざ》を胸に抱《かか》えたい。忘れたと思っていた青春時代のあの恰好《かっこう》で座りたい。けれどもスーツがきつすぎる。それは今朝、体を通すことのできた唯一のスーツだった。この季節には暑すぎるけれど、社長のカールとのランチに着ていくには、夏についた贅肉《ぜいにく》をはみ出させてしまうワンピースよりはましなように思えたのだ。

　ダイエットを始めなければ。実際にはダイエットは図らずも今日からすでに始まっていた。なにしろランチのあいだじゅう緊張しすぎて、ひと口も食べられなかったのだから。というわけで、いまは空腹だ。おまけに暑い。彼女はラスパイユ大通りのこのベンチで疲労に押《お》し潰《つぶ》されている。立ちあがるなんて、到底無理だ。やらなければならないことが山ほどあるのはわかっている——とにかく例の夕食会に急がなければならない。すでにマナー違反と見なされかねないほど遅れている。カールに迫られた決断についてもどうするか考えなければならないし、彼に電話して回答を伝える必要もある。けれどもジョアルはそんなあれこれの問題を遠のかせ、安らかな気怠《けだる》さにみずから進んで身を任せる。

そのままぐずぐずして時間が流れるままにする。ベンチの背もたれに寄りかかり、まとわりつくような暖かい空気が周囲を流れていくのを感じる。彼女を包みこんでいる嵐《あらし》のバブルを割ろうとでもするかのように、わずかに片手を動かす。アスファルトを打つ足音に耳をそばだてて、こんなに楽しげにそそくさと歩けるのはどんな人だろうと想像をめぐらせ、ゆっくりと振り返り、頭のなかで考え出した通行人と現実とを照らしあわせる。梟《ふくろう》になった自分を想像する。枝のあいだで風に揺られながら、人間たちを観察している梟に。

周囲ではラスパイユ大通りの品のよい穏《おだ》やかな暮らしがさんざめいている。まるでこれからミサにでも赴くような恰好をしたカップルが、通りに建ち並ぶ建物から次々に出てくる。ジョアルは、聞き耳を立てればエティエンヌのアパルトマンでわたし抜きですでに始まったはずの会話の微《かす》かな響きが聞こえてくるのでは、と考えて面白がる。話題はアート、カルチャー、旅といったところか。会食者たちは満足げな微笑みを浮かべているに違いない。タクシーでここまで来るあいだ、彼女はこの夕食会に参加するよう強《し》いてきたレミを恨んだ。けれども結局のところ、この招待のおかげで、こうして掠《かす》め取《と》ったいまのこの瞬間を楽しむことができたのだ、と自分に言い聞かせる。たぶん、こんな時間はこの先長いことお預けだろう。大いなる挑戦に乗り出す前に味わう最後の貴重なひとときになるはずだ。

あの人たちが、このベンチにいるわたしのことを忘れてくれたらいいのに。プラタナスの枝に止まる梟のわたしに、この特別な時間を心ゆくまで堪能《たんのう》させてくれたらいいのに。さんざめくパリの街を、梟の目でこのままじっと眺めさせてくれたらいいのに。

携帯電話が振動する。レミからだ。九時十五分。《心配しないで》、とジョアルは夫のメッセージに応《こた》えてタップする。《もうすぐ着く》

3

階段をのぼるヒールの音が聞こえてくる。クローディアはぎゅっと縮みあがった胃に手をあてる。

レミはだいぶ前に到着した。けれども彼女は歓迎の挨拶《あいさつ》をいくつか口にすると、キッチンの心休まる孤独のなかに逃げこむことに成功した。レミは当然、クローディアの顔が赤いことに気づき、上気した頬をネタに冗談を飛ばした。お邪魔して悪かったね、おふたりさん、喧嘩《けんか》の最中に。もしかしたら、お楽しみの最中に、だったかもしれない。クローディアにはどちらかよくわからなかった。彼女にとってはひねりすぎか、下品すぎる冗談だった。けれども聞き返さずに笑い声をあげ、顔に浮いたまだらの赤みが鶏のとさかの色に変わるのを感じた。

正直、キッチンでやることはもうなかった。料理は仕上がっていた。キッチンとリビングを隔《へだ》てるガラスの間仕切り壁越しにふたりの男が見える。彼らはクローディアの姿が消えても気にも留《と》めない。彼女はキッチンを二分しているバーテーブルの背後にまわりこみ、これでふたりから自分の姿は見えなくなったとほっとする。そしてさらに数歩あとずさり、窓際の壁の馴染《なじ》みのあるぬくもりを背中でとらえる。足元からガラスの間仕切り壁にかけて広がる黒と白の大きな格子柄《がら》のタイルは、まるでチェス盤のようだ。彼女は身を守るすべを持たない無防備なクイーンで、すでにゲームに負けていた。

ふたりの男の声の旋律に身を委《ゆだ》ね、ジョアルの到着が迫っていることを、じきに自分が狩り出されてしまうことを忘れようとする。聞こえてくるのはおもに、高く鼻にかかったエティエンヌの声だ。レミのほうは興奮気味にところどころで短く合いの手を入れるだけで、クローディアは子犬が吠《ほ》え立《た》てているみたいだと思う。レミの手土産のウイスキーを飲みながら、舌鼓を打つ音が響いてくる。わたしもお酒を飲めたらいいのに、お酒を飲んで不安をまぎらわせられたらいいのに……。

キッチンの隠れ場所に引きこもる前にふたりにグラスを運んだとき、彼女はエティエンヌに手首をつかまれた。それは、この女は自分のものだ、と誇示する控えめなジェスチャーだった。エティエンヌは魅力的な顔の輪郭《りんかく》を引き立たせる絶妙な角度でこちらを向き、世慣れたまばゆい微笑みを投げてきた。クローディアは自問した。この人はジョアルの到着が近づくにつれてどんどんあからさまになっているわたしの不安を面白がっているのだろうか。それとも、自分の妻のぎこちなさに感じている困惑を取《と》り繕《つくろ》おうとしているか。

ジョアルには前に一度だけ会ったことがある。はっきり憶《おぼ》えているのは彼女のハスキーな大きな笑い声で、笑ったとき、前歯のあいだに大きな隙間があるのが見て取れた。だがその夜の残りの記憶は曖昧《あいまい》で、真綿のヴェールに包まれたようになっている。それはあのパーティーの顚末《てんまつ》がもたらした痛ましい傷を覆い隠すために自分の脳があとから靄《もや》をかけたからなのか、それとも感じたことや目にしたことの一切に、頭痛のせいで実際にぼんやりと靄がかかっていたからなのか、本当のところはわからない。

あれはエティエンヌと付き合い出した頃のことで、二年と少し前に遡《さかのぼ》る。彼がまだクローディアを内気の殻に閉じこもらせるまいと前向きだった頃、彼が友人たちにクローディアを紹介したいと思うほど彼女を愛しているように、あるいは少なくとも彼女を射止めたことを誇らしく思っているように見えた頃の話だ。エティエンヌは友人のひとりがパリのバーで開催する誕生パーティーに同伴するようクローディアを説得した。彼が通っていたクリニックの運動療法士だったクローディアに一杯飲みに行こうと、次いでディナーを食べに行こうと誘ったのと同じぐらい根気強く。それはそのあとだいぶ経《た》ってからクローディアが彼の家に引っ越すことになる前の話で、クローディアは当日の日中ずっと、大きなパーティーだから人目につかないでいるのは簡単だろうと自分自身に言い聞かせ、隅《すみ》の暗がりを見つけ、そこでひっそり時間をやり過ごすことができますようにと祈っていた。仕事帰りにエティエンヌが家まで迎えに来て、ふたりで会場に着いたときにはすでにほとんどの人が集まっていた。一瞬にして彼女は、身を隠すというアイディアがどれほど無意味だったか理解した。隅に引っこんで座っていられるベンチなどひとつもなく、あるのは背の高い四つのテーブルだけで、それらはすでにパーティー客たちに占拠されていた。あちこちに小さなグループができ、額とシャンパングラスを突きあわせながら音楽に負けじと声を張りあげておしゃべりに興じたり、きらびやかなオードブルを載せたトレイを手にして歩きまわるウェイターたちの肘《ひじ》をつかんだりしている。

エティエンヌは結局、みなにクローディアを見せびらかしてまわるより友人たちと愉快にやりたかったらしく、彼女を文字どおりジョアルの腕に押しこむと、歓声をあげて迎えてくれた小さな輪に加わった。顔合わせにあたって彼は、喧騒《けんそう》にかぶせるように大声で女性ふたりに叫んだ。

「クローディア、こちらはジョアル。前に話しただろ。レミの奥さんだ。気が合うと思う。ジョアルはぼくが知ってるなかでいちばん頭が切れて、とってもきっぷのいい女性だよ」

クローディアは思った。**わたしについてはなんにも言うことがないのね。**

ジョアルがクローディアの肩を引き寄せた。その自然な抱擁《ほうよう》と、間隔があきすぎている前歯を見せたそのざっくばらんな微笑みには母性的とも言えるような温かみがあり、クローディアは最初、そのぬくもりに包まれて丸くなりたいと思った。

「クローディア、クローディア、何度も耳にした名前の持ち主にようやく会えた！　エティエンヌはあなたを隠したがってるのかなって思いはじめてたとこだったんだけど、そりゃそうよね！　だってこんな素敵な宝物、しまっておかないと盗《と》られちゃうもの」

ジョアルはそう大きな声で言うと、弾《はじ》けるように笑った。

そしてクローディアは、浅はかにもまるで疑いもせずにお世辞に耳を傾け、そこに誠実な響きが聞こえたと信じこんだのだった。エティエンヌの瞳《ひとみ》にはわたしへの愛が、そしておそらく賞賛さえもが浮かんでいると信じていたときと同じナイーブさで、さらには臆病《おくびょう》と気後れの層の下に金塊が埋もれているのを感知したからこそ彼がわたしを選んだのだと考えていたときと同じうぬぼれで、彼女はあのとき、ジョアルならわたしのことをわかってくれると考え、一瞬、自分がジョアルに心を開くことを夢見た。

そのあと男性が近づいてきて、ジョアルに軽く耳打ちした。するとジョアルは「えっ、なに？　なに？」と色めき立ち、最初、クローディアを責めているようにも見えた。クローディアのほうは男の言葉が聞こえなかったせいで、ジョアルが聞き返しているのか、それとも驚きをあらわにしているのか判断できず、間の抜けた微笑みを浮かべるしかなかった。すると突然、音楽のうなりが耐え難《がた》いほどの轟音《ごうおん》に変わり、ジョアルは完全に男性のほうに顔を向け、クローディアの肩から手を離した。その瞬間、クローディアは見捨てられたような気がして喉《のど》が締めつけられた。そのときのばかばかしい感情を思い出すと、いまでもカッと頬が熱くなる。

つかのま信じたジョアルという錨《びょう》地《ち》から切り離されてひとりになったクローディアは、パーティー客の海のなかを寂《さび》しく漂いはじめた。まるで波に揉《も》まれるようにして、余裕なく立ち働くウェイターたちと、決して彼女に向けられることのない笑顔を輝かせている客たちのあいだをさまよった。周囲の見知らぬ人たちにいままでは迷惑そうに見られているような気がしていた。**このなかでひとりきりはわたしだけだ。**そう思いながら、愚かしくも携帯電話を見ているふりをして平静を装った。

そうするうちに、置き去りにされた驚きに続いて今度は怒りと屈辱感がこみあげてきて、頭のなかで暴《あば》れ狂《くる》った。エティエンヌはもちろん、彼女を見ていなかった。彼女にあれこれ甘い言葉をささやき、この責め苦を受けることに同意させたあのエティエンヌは。すでに何度か顔を合わせる機会があったレミは、微笑みを浮かべて彼女に軽くうなずくだけで、挨拶をしに近づいてくることすらしなかった。周囲ではみなが調子を合わせてスムーズに動きまわり、小さなグループになったり離れたり、グラスを軽くぶつけあったりしている。彼らは、クローディアだけが動きのパターンを習っていないダンスの振り付けに参加しているかのようだった。クローディアはなかでもジョアルの体が気になった。自分よりもボリュームがあるのにその動きはスムーズで、丸みを帯びたボディラインとたっぷりとした褐色の髪が衝撃から彼女を守っているように見えた。しかもときおり、彼女の大きな笑い声が響いてきた。けれども、そのたびにわざわざジョアルのほうに視線を向ける勇気はなかった。あの短いやりとりのあと、こちらが話し相手をひとりも見つけていないことに気づかれて、哀《あわ》れに思われるのが嫌だった。

クローディアはもう二度と騙《だま》されるものかと心に誓った。そしてエティエンヌがこれまで目にしたことのなかった断固たる態度で彼に歯向かい、その後の誘いをことごとく拒《こば》んだ。どうぞ好きなだけ参加してかまわないけれど、わたし抜きで行ってちょうだい。彼は好きなだけ参加した。

数日前にエティエンヌから自宅で催す夕食会にレミとジョアルを招待したと告げられたときも、これまでと同様の激しさで抵抗を試みた。クローディアと暮らしはじめてからエティエンヌが誰かを家に招いたことは一度もなく、それは均衡の取れた状態で、クローディアにとってはこのまま維持すべきものだった。クローディアは砦《とりで》のなかにいる彼女を危険にさらすことはしないという条件と引き換えに、家の雑事とエティエンヌの世話を笑顔で引き受けていた。なのに、よりによってあのジョアルをこの砦のなかに招き入れるとは。頭が切れて、きっぷがいいとエティエンヌが見なしているジョアル、頭がよすぎてわたしに関心を持つはずなどないジョアル、わたしの持っていないものをすべて持ちあわせているジョアルを。

けれども今回ばかりはエティエンヌも譲らなかった。驚いたことに、声を荒らげて指摘してきた。でもな、そもそもここはぼくの家だぞ。そしてクローディアに選択の余地を与えなかった。大事なディナーなんだ、ビジネスディナーだよ。彼は重要な大人の話をすることになると言い、それがなんなのか説明はしなかったが、そのディナーがなにより優先されることを彼女に認めさせようとした。でさ、だめなんだよ、よそでは。ジョアルに客を迎える暇はないし（**ほかにやることのないきみとは違って、と言いたいわけね**）、それに少し前から外出の誘いにも応じなくなってるんだ。だからここに招待する必要があるんだよ、なんとしても彼女に来てもらうには。

クローディアにできたのはわかったとうなずき、こみあげる不安をカレーのソースでまぎらわせることだけだった。

4

アパルトマンに足を踏み入れた瞬間、ジョアルはにおいの襲撃を受ける。エラ・フィッツジェラルドのハスキーな歌声に出迎えられ、彼女がいま足を踏み入れたのはエレガントな秘密のバブルのなかなのだと強調するかのようにライトがひと続きの空間を柔らかに照らしている一方で、それらを打ち消すような強烈なカレーの香りが漂ってくる。

エティエンヌが思いがけず愛情たっぷりに抱きしめてきた。そのときジョアルの頭にあったのは、北駅近く、カイル通りにあったアパルトマンのことだ。それは彼女が初めてパリで借りた部屋で、壁の防音性は無きに等しく、隣人の会話は――幸い、そのほとんどは彼女の知らない言語で交《か》わされていた――すべて筒抜けだった。さらに通りを歩く人の足音も、両隣の部屋で洗濯機をまわす音も、ひとつひとつ波のように押し寄せてきて彼女を翻弄した。そして、あのカレーのにおい。それはそこらじゅうに立ちこめていた。建物の廊下にも、界隈にあるそれぞれのレストランの店先にも。

しまいにジョアルはそれに気づかなくなってしまったため、においが肌にまとわりついていないか確かめようと、オフィスに着く前に肘のくぼみにそっと鼻先を近づけるようになった。カイル通り時代から彼女はスパイスの利いた料理を口にしないようになっていて、実家で食事をとるめったにない機会には、母親にソースを二種類用意するよう頼むほどだった。いつものレシピどおりにつくるものと、娘用に特別にこしらえる味のぼやけたものと。

ジョアルはダイニングにある完璧にセットされたテーブルをちらりと見やり、リビングへ向かう。レミがソファに座ったまま合図してくる。立ちあがって迎えてくれないのは、ふかふかのクッションのせいなのか。それとも酔っ払っているからなのか。

「クローディア、ジョアルが来たよ。挨拶しにおいで」

エティエンヌがキッチンのほうに声をかける。ジョアルは彼がまるで子どもに言うように妻を呼ぶのを聞いて思わず笑いたくなる。けれども、近づいてくるクローディアの固く閉ざされた表情に気がついて口元を引き締める。クローディアの顔の筋肉のすべてが引きつっている。頬と胸元には赤い筋が浮き出ていて、まなざしは切りそろえた前髪の背後に逃げこもうとしているかのようだ。

「こんばんは、クローディア。元気?」

ジョアルはそう声をかけながら、目の前にいるクローディアと記憶にある初対面のときの印象をすりあわせようとする。いい感じに控えめな、すらりと背の高い褐色の髪の女性、というのが前に会ったときのイメージだった。そして、エティエンヌの女性の趣味がようやく洗練されはじめたと感じたのだった。なにしろそれまでは、まだ青春期にいる弁護士見習いのブロンド娘に見境なく手を出していたのだから。

「元気です。どうもありがとう。そちらはいかがですか?」

しつけの行き届いた小さな女の子のような口調でクローディアが答える。

「大変な一日だった。すごくハードな。もうくたくた。遅くなってごめんなさい。毎年忙しいヴァカンス明けのこの時期に夕食会に参加するのはどうかなって、レミには懸念を伝えてたんだけど、古くからの付き合いだから、少しぐらい失礼があっても大丈夫だろうって言われて。それでこうしてのこのこやってきたってわけ。時間に遅れて、しかも手ぶらで……。でも、四人で集まれて嬉《うれ》しい。ふたりとも夏らしく潑剌《はつらつ》としてて、とってもすてき。なんだかみんなでヴァカンスの続きを楽しんでるみたい」

そう言うと、そばでじっと固まったままでいるクローディアをリラックスさせようと付け加える。

「とっても美味しそうなにおい! わたし、日中なにも食べてないんだ。なにを用意してくれたの?」

「クローディアはチキンカレーをつくりたがってね。得意料理なんだよ」代わりにエティエンヌが答える。「ウイスキーをどう？」

そしてジョアルの答えを待たずにキッチンへ行くと、半分まで氷を入れたグラスを持ってくる。

「座りなよ、ジョアル。楽にしてくれ」

エティエンヌは二脚のアームチェアのあいだで突っ立ったままでいるクローディアには目もくれずにレミの隣にふたたび腰を下ろすと、グラスにウイスキーを豪快に注ぐ。ジョアルが問題なく飲める量では到底ない。空間を独《ひと》り占《じ》めするかのようにエティエンヌが手脚をゆったりとのばす。肩を落とし、シャツのいちばん下のボタンが弾けそうなほど膨らんでいる腹の上に胸をかがめているレミと比べると、その図は残酷なほど対照的だ。

「招待してくれたエティエンヌに感謝しないとな。おかげでこうしてちょっと顔を合わせる機会ができたわけだから」ようやくレミが皮肉めいた口調で言う。

「わたしがいっぱいいっぱいなのは知ってるでしょ……。でも確かにそう。エティエンヌ、この夕食会は素晴らしい思いつきだと思う。昔みたいにまた三人で集まることができたし、クローディアともっと親しくなれるチャンスだし。クローディア、立ってないで一緒に座ろう。ごめんね、エティエンヌ、ホストの役を奪っちゃって。でも、あなたの奥さんにもリラックスしてもらいたくて」

ジョアルはそう応じると、クローディアがその言葉に従ってジョアルの向かい側にあるアームチェアにおとなしく尻をつけるあいだレミをひと睨《にら》みする。

自分はここでなにをしてるんだろう。ジョアルはあのベンチの静けさが恋しくなる。夕食会のあいだじゅうずっと、ちやほや接してくるエティエンヌや、居心地が悪そうにしているクローディアや、不機嫌をぶつけてくるレミを相手にするなんてできそうにない――最悪なのはレミだ。夕食会に出るよう頼んできたくせに、いまはみんなの前で自分の妻を悪者扱いしようとしている。

彼女はウイスキーをひと口、急《せ》きこむように飲む。管理職に求められるさまざまな制約に慣れてはいたが、ランチを抜くことだけは無理だった。食事を抜くとすぐに、情けないことに目がまわってしまう。ホスト夫婦と自分の夫を無言で眺めながら揺すっているこのグラスの底でくるくるまわっている氷のように。

エティエンヌがご機嫌取りに乗り出した。先月の〈チャレンジ〉誌に掲載された彼女のポートレート記事を読んだと言う。記事のタイトルは、《ジョアル・レジェ。IT業界の風雲児》。エティエンヌは記事の中身を暗記することまでしたようで、その証拠に、テキストの一部を熱っぽく長々と諳《そら》んじてみせた。彼の頭には、ジョアルのプレス担当者たちがジャーナリストの頭に叩きこんだメッセージがしっかりインプットされていた。これについては彼らの仕事ぶりを褒《ほ》めるしかない、とジョアルは認める。《事業部長としての彼女の功績は、企業を変革したことに留《とど》まらず、国をも変革したことだ。なにしろフランスの産業界を牽引《けんいん》する企業はもちろん、聖域中の聖域、つまり国のいくつもの省庁のデジタル化契約を次々に獲得し、これらをものの見事に遂行したのだから》。エティエンヌはなかでもキーワードをいくつか憶えていて、嬉々《きき》として繰り返す。《鉄拳《てっけん》の持ち主》、《山をも動かす女性》。

そう言われてジョアルは、心ならずも態度をやわらげる。エティエンヌはその俳優顔負けのルックスの魅力をフル稼働させてごますりに精を出し、灰色の瞳で彼女の目を覗《のぞ》きこみ、セクシーな肉厚の唇のあいだから真っ白な歯をこぼれさせる。どれもこれもきみへのプレゼントだ、どうか受け取ってくれ、と言わんばかりに。エティエンヌはこの種のことにかけていつも天才的だった。

とはいえ、ジョアルはこの記事が嫌いだった。まずタイトルにある〝ジョアル・レジェ〟という名前……。このファーストネームとファミリーネームの組み合わせの奇妙さに、毎度のごとくぎょっとした。彼女は自己紹介をするたび自分のファミリーネームを必ず五回もスペルアウトするはめになるのを避けるため、結婚の際にこちらのほうが便利だろうとレミの苗字《みょうじ》に変えたことを何度も悔《く》いた。そうした後悔に加えて、いまはこの〝レジェ〟(若い頃、〝軽い《レジェ》〟をファミリーネームに持つレミを、あなたのぽっちゃり体型にぴったりね、とからかったものだ)に皮肉な響きを感じずにはいられない。それというのも、雑誌に掲載された写真には歳月の抜かりのない仕事ぶりが、つまり頬を丸々と膨らませ、顎《あご》の下に不格好な肉のクッションを少しばかり出現させたその所業がしっかり見て取れるからだ。それに何度も繰り返し語られたせいですっかり面白みを失ってしまったエピソードにも、この機を利用して意趣返しを試みる匿名のコメントにも虫唾《むしず》が走った。表向きだけこびへつらおうとする自称友人たちの言葉にも……。

次なるステップアップを果たした暁には、こうした粉飾広報の新たな大波に耐えなければならないのか。そう考えながらジョアルは、さらにひと口、ウイスキーをあおる。頭蓋《ずがい》の内側で鈍《にぶ》い旋律がうなり出す。

つかのまエティエンヌの賞賛が途切れる。どうやら言葉を探しているようだ。

「きみは太陽のすぐ近くをまわっている……。神々の秘密を握っているに違いない。きみたちは本当にネリアを買収するつもりなのか？　妹分が姉貴分をのみこんでしまうのか？」

そのあとこの問いを詫《わ》びるかのように、ひどく柔らかい口調で言い添える。

「きみはたぶん、この買収事業をサポートする法律顧問の選定に権限を持つのでは？」

ジョアルはウイスキーのグラスをほんの少し高く掲げる。艶消《つやけ》ししたグラス越しに、エティエンヌの長い腕が四方八方にのびながら増殖していく。ソファにしがみつく蜘蛛《くも》のようだ。

　ということは、目的はこれだったのか。仕事を斡旋《あっせん》してもらおうとする働きかけ。レミが言うように古くからの付き合いだから、こんな手のこんだ演出は要らなかったのに。電話一本でじゅうぶんだった。こんな無駄な夕食会よりも、電話のほうがずっとありがたかった。そうした本音をレミにぶちまけたくてたまらない。おそらくレミも、この茶番に一枚噛《か》んでいるだろうから。

　確かに彼女は法律顧問の選定に権限を持っていた。それも少なからぬ権限を。新しい組織内でじきにジョアルが就くことになるポストの中身をエティエンヌが知ったら、彼女をとめどなく称揚する大掛かりなショーが再現されることになるだろう。そしてほかでもないこのエティエンヌに業務を任せることについて、ジョアルに別段支障はない。とはいえ、返事をするのは少しばかり時期尚早だ。今夜のところはゲームに興じよう。

　彼女はエティエンヌの最後の質問が聞こえなかったふりをして勢いよくグラスを置くと、リビングのマントルピースに近寄る。そして小ぶりの真っ赤な陶器の果物をつかみ、その丸い球体にアクセントをつけているラグビーボールの縫い目のような継ぎ目を撫《な》で、平らなてっぺんに据えられた小さな冠状のパーツに見入る。そのあと、最初の挨拶以来ひと言も発していないクローディアに向き直り、酔いがまわりはじめていたおかげでそれほど無理なくはしゃいだ声を出す。

「インテリアに女性らしいエレガンスが感じられるのは、クローディア、きっとあなたのおかげね。ここにある柘榴《グルナード》の置き物、とってもすてき！」

5

手榴弾《グルナード》が投げつけられた。一瞬の静寂のあと爆発が起こり、衝撃波がクローディアの心臓を胸底に叩きつける。

エティエンヌとジョアルが会話を始めて以来、彼女はこの瞬間を恐れていた。ジョアルが竜巻のようにリビングに乗りこんできたときから、アームチェアに座るよう命じてきたときから、ジョアルが大きな声と笑いで部屋を支配したときから、クローディアはこれまで幾度となく体験してきた場面にまた投げこまれたことに気がついた。教室のいちばん後ろの席で縮こまり、先生にあてられたらどうしようと震えている場面。自宅の食卓の端《はし》で身をすくませながら、母親に**なにか変わったことは?** と訊《き》かれないよう祈りつつ、目の前に置かれた皿の底にひたすら目を凝らしている場面。クローディアは夫の友人たちのそばに座りながら、周囲で繰り広げられている会話を彼女が少しも理解していないのを気づかれていないことを願う。彼女はこの夜、会話の切れはしを聞き取ろうと努力はしてみたが、ジョアルが仕事でどんなことをしているかまるで知らないし、エティエンヌがいかにも馴染みの人物のように語るジョアルとレミの夫婦についてもさっぱりだった。

そしてとうとう、爆弾が炸裂《さくれつ》した。いつものように。

「すごくきれいね、この柘榴！　こんなにすてきなもの、どこで見つけたの、クローディア？」

話題がいきなり、デジタル革命からインテリアに変わっている。彼女が答えようとすると、エティエンヌがすかさず口を挟む。

「これはぼくがイランから持ち帰ったものさ。知ってのとおり、柘榴のモチーフは中東全域で見られるものだ。そもそもこの果物は、中東に限らずいろんなところに登場する。ギリシャ神話や聖書にまでも……」

エティエンヌは自分が買ってきた陶器を見せようと、マントルピースのそばにいるジョアルのほうへ、妻には一瞥《いちべつ》もくれずに近づく。クローディアはそんな夫を眺めながら、悲しみと怒りがないまぜになった感情が胸の内に沸きあがるのを感じる。そして思う。目につかない存在になりたいと願う一方で、わたしを目につかない存在に押しやる人たちすべてにひどく腹を立ててしまうというこの矛盾を、わたしがいつか解消できる日は来るのだろうか。

柘榴の置き物はもちろん、彼女のものではない。ここにあるものすべてに彼女の痕《こん》跡《せき》は刻まれていない。二年前にエティエンヌの家に引っ越してくるとき持参したのは旅行カバン三つで、それらを収めるためにエティエンヌがクローゼットに空きをつくってくれた。当時住んでいたワンルームにあった家具はネットで売り払った。雑貨類については誰かに譲ったものも少しあったが大半は捨て、いくつかは両親が意外なことに実家のアパルトマンにまだそのまま残している子ども部屋にこっそり居場所を見いだした。自分の持ち物すべてが突然、野暮ったい粗悪品に思われ、エティエンヌの家に以前の人生のかけらを持ちこみたいとは思わなかった。それよりも、彼がクローディアをものにしようと押しの一手で持久戦に挑み、仕事を早めに切りあげて彼女が働くクリニックの出口で待ち受け、パリのビストロのテーブルについたまま彼女を魅惑の旅に連れ出していたあの頃にほんの少しだけ窺《うかが》い知った未知の世界を自分の目で見てみたかった。あのときのエティエンヌの情熱的なやさしい声は、時空を超える旅へと彼女をいざない、遠い異国の風景を描き出し、知らない文化の色と香りで彼女を包みこんだ。彼が手を重ね置いてきたとき、クローディアの心を覆っていた殻が砕《くだ》けた。自分のあまりにせせこましい人生に窒息しそうになっていた彼女に、エティエンヌが新しい世界の扉をあけてくれた。彼と同じように大きくて、同じように美しい世界に通じる扉を。

クローディアの視線は、柘榴の置き物から書棚に並べられたアート本の艶《つや》めく背表紙へと移り、ペルシャ絨毯《じゅうたん》の厚みのなかに迷いこむ。彼女はこれらの品々に、そしてエティエンヌと出会った頃の思い出のあれこれにしがみつく。ウールの絨毯が織りなすアラベスク模様をつま先でたどりながら、自分の踝《くるぶし》が微かに震えていることに気がつく。

ただもう少し時間が必要なだけ、と自分自身に言い聞かせる。じきにわたしは自分の居場所を見つけるだろう。そのことに疑いはない。もう疑いの余地はまるでない。だって彼は、わたしとの子どもを望んだのだから。

エティエンヌが彼女のほうに顔を向け、ニスが塗られた柘榴の表面を細い指で撫でながら言う。

「クローディア、そろそろズッキーニの花をオーブンに入れようか？　ジョアルはお腹《なか》をすかせてる。白状すれば、レミとぼくもだ。あと十五分ぐらいで食事にありつけたらありがたい」

6

エティエンヌは陶器の話になると止まらない。ジョアルは話題を変えるために柘榴の置き物に関心を振り向けたのだが、エティエンヌは自分の好み、旅、出会いについて話せるこのチャンスに喜び勇んで飛びついてきた。エティエンヌは例のごとく、自分語りをする。つかのまダイニングへ遠ざかるが、ジョアルがこのひとときの静けさを味わう前に、青い繊細な模様がついた花瓶《かびん》を手にして戻ってくる。

「ほら、これをごらん。持ってみて。なにか思い出さないか?」

「なんにも。なんだろう。これって前にマントルピースの上にあったやつ?」

「そうじゃなくて……このモチーフ。見覚えがあるんじゃないかと思うんだけどな」

ジョアルは花瓶の表面に機械的に指を走らせ、ターコイズブルーの星の幾何学模様をなぞる。エティエンヌが我慢できずに言う。「ナブール。これ、ナブールの陶器だよ」

ナブール。ジョアルの脳裏にチュニジア沿岸部の小さな町のイメージがどっと押し寄せてくる。ナブール。白蟻《しろあり》の女王のように陶器を絶え間なく産み落とす町。青や緑のバラの模様に飾られた皿や碗《わん》を、その腹から恐ろしいほど大量に生み出す町。日焼けした腕をさらしながら町の狭い路地をせっかちに歩きまわる大勢の観光客は、大量の陶器にのみこまれそうになっていた。ジョアルは子どもの頃、歩道にはみ出して並べられた大切な陶器が、赤や茶色の無数の足に踏み割られるのではないかと気が気でなかったことを思い出す。

彼女はエティエンヌの顔を輝かせている得意げな微笑みに形だけうなずく。この友人の博識はかつて彼女を魅了し、それは彼女が目指していた理想のブルジョワ知識人を定義するにあたって決定的な役割を果たすほどだった。それにしても、ここでチュニジアの話を持ち出す意図がわからない。**この花瓶を買うのにいくらかディナール**［チュニジアの通貨］**を支払ってうちの両親の祖国の国内総生産《GDP》に貢献したのだから、どうかぼくに仕事をまわしてくれってこと？** そう考えて彼女はいら立つ。

「ナブールには一度も行ったことがない気がするな」彼女は嘘《うそ》をつく。「あそこは安物の陶器の町でしょ。そもそもナブールでヴァカンスを過ごすなんて、あなたらしくない」

「古代フェニキアの植民都市、ケルクアンに行く途中に立ち寄ったんだ。ケルクアンが現存している唯一のフェニキアの都市だってことは知ってるだろ？　カルタゴをはじめほかの都市はみんな、のちにローマ化されてしまった。けどあそこだけは、紀元前数世紀に打ち棄《す》てられたときの姿で残ってるからね」

するると友人たちにすっかり置き去りにされていたレミが、ソファの奥から会話に割りこんでくる。

「もういいって、エティエンヌ。ぼくらはナブールもチュニスもジェルバも知らない。なんにも知らないんだ。ぼくら夫婦のあいだでチュニジアでのヴァカンスはご法度《はっと》だって知ってるだろ」

「この話はもう何度もしたでしょ」ジョアルがそっけなく話を遮《さえぎ》る。「あっちではごちゃごちゃいろんなものをつくって、海岸線を台無しにしてるんだもの」

「でも、隠れた名所はまだまだあるぞ」エティエンヌが言う。「ケルクアンを歩いてさ——ぼくひとりだったよ、あそこは知る人ぞ知る、のスポットだから——、海を見下ろす遺跡を散策したんだ。石積みの廃墟《はいきょ》とオリーブの林のあいだを、黄昏《たそがれ》の美しい光に包まれて」

ジョアルはエティエンヌの感傷的な思い出話に気詰まりを覚えて顔をそむける。エティエンヌが語る時間帯、つまりすべてが柔らかなピンク色に包まれるあの時間帯のチュニジアなど、自分は一度も目にしたことがないのではないか。自分が知っている両親の祖国は、陽光と熱暑にいつも押しひしがれていたような気がする。自分が知っているチュジニアと言えば、おばが住むチュニス郊外の団地の小さな部屋の床に敷かれたウレタンのマットレスの上で目覚めたときのじっとりとした湿気だ。いとこたちを追いかけて建物の階段を駆けおり、団地地区の中央広場となっている空き地に入りこんだときに襲いかかってきた、噛みつくような強烈な日射しだ。べたつく砂埃《すなぼこり》のなかで興じたボール遊びだ。大人にもらった小銭を握りしめ、甘すぎる炭酸飲料をがぶ飲みするため雑貨屋へ向かう道すがら、日影のない通りで繰り広げた追いかけっこだ。

ジョアルは苦々しい思いを噛みしめる。チュニスの郊外を離れてフランスに渡った両親は、ノワジー゠ル゠セックの町で同じように窮屈な部屋、同じように壁のペンキが剝《は》げ落《お》ちている階段、同じように灰色のコンクリートの団地群にまたもや遭遇するはめになったのだから。ふたりは自分たちの親、先祖の墓、ごつごつとした響きで安心感を与えてくれる母語を向こうに置いてフランスにやってきた。そして毎日朝早くからノワジー゠ル゠セックのベーカリーでせっせとパン生地《きじ》をこねることになった。とはいえ、両親のつくるパンが本物のフランスのパンになることは決してない。

そうした一切合切は当然のことながら、ジョアルのため、息子と娘のためだった。成功する権利を授けるためだった。というか、成功する義務を。ジョアルは成功せよという指令に忠実に従った。地道に努力を続け、闘い、さらに上、つねにさらに上を目指してのぼっていった。

彼女はエティエンヌのおしゃべりから逃れようとリビングへ向かう。キッチンのガラスの間仕切り壁の向こうにクローディアの姿が見える。オレンジ色のズッキーニの花を大皿に並べているところだ。詰め物をされた花のか細い首が中身の重さでたわんでいるのを目にした瞬間、忘れていたイメージが心のなかにせりあがってくる。あれは子どもの頃、日中ずっと車での移動を強いられたある日の夕方、急に思い立ってチュニジアの北東部にあるボン岬で海水浴を楽しんだときのことだ。あのとき彼女は、ようやく冷えてきた砂地に咲き乱れていた何百本もの野生の小さな花々のあいだを駆け抜けた。つつましく頭《こうべ》を垂れたか弱い小さな花のイメージが眼裏《まなうら》に浮かび、黒々と静かに広がる海に浸かった子どもたちの不安まじりの歓声が耳の奥によみがえる。海から上がってきた彼女の体を母がタオルでごしごしこすってくれたときの感触と、母の腕の柔らかさも。

今日、その母が連絡を取ろうと何度も電話をかけてきた。折り返し電話をしなければ。けれどもカールに連絡するのが先だ。ジョアルはエティエンヌに声をかける。

「ごめん、食事の前にバルコニーでタバコを一本吸いたいんだけど、いいかな?」

7

ガラスの間仕切り壁の前をよぎった影がするりとキッチンに滑りこみ、クローディアが避難していたスツールの正面に置いてあるもうひとつのスツールに腰を下ろす。

「クローディア、大丈夫か?」レミがたずねる。「用意してくれた料理、美味しそうなにおいがしているね」

「ありがとう……。ズッキーニの花の詰め物はもうじき焼きあがります」

そう答えた直後、クローディアは怒りで下唇《したくちびる》を噛みたくなる。こんなふうに人に尽くしてしまうところが、主婦の役割をすんなり引き受けてしまう自分の従順さが嫌でならない。

レミはくつろいだ姿勢になり、ウイスキーのグラスとリビングから持ってきたオリーブの入った小鉢を自分の前に置く。そしてクローディアに微笑み、バーテーブルに頬杖《ほおづえ》をつく。エティエンヌとは逆で、どうやら彼女と話をしたがっているようだ。そのエティエンヌは、ジョアルがタバコを吸うため窓の向こうに消えると言った――

「この隙に、いくつか仕事関連の急ぎのメールを送らせてくれ」。

　レミはエティエンヌの知り合いのなかでクローディアがこれまでいちばん多く顔を合わせ、おそらくいちばんとっつきやすい人物だ。そしてそう感じていることに彼女は後ろめたさを覚えている。それというのも、ほかの友人たちと違ってレミにそれほど怖気《おじけ》づかずにいられるのは、彼の外見が冴《さ》えないからだと気づいたからだ。事実、レミは女性っぽいとも言える体をしていて、それを隠そうとでもするように肩をすぼめて胸をかがめ、しかも左右の頬は、贅肉を溜《た》めこんだふたつの小さな革袋をぶらさげたように膨らんでいる。レミのざっくばらんで気安い雰囲気は、彼の仕事から来るものなのではないか。クローディアは漠然とそう感じている。高校に併設されたグランゼコール準備級【フランスのエリート養成機関グランゼコールに入学を希望する者が所属しなければならない高等教育課程。大学一、二年生に相当する】で経済学を教えているレミは、自分より若くてものを知らない人間を相手にすることに慣れているだろうし、彼の役割は生徒に自信を与えることのはずだから。それに出自のせいもあるのかもしれない。彼女はレミがあまり裕福ではない家庭の出だと知っていた。

　レミのほうは、リビングにまだ漂っているピリピリした雰囲気からつかのま逃れることができてほっとしていた。彼は昔からキッチンにいるのが好きだった。油を熱するにおい、リビングやダイニングで交わされているメインの会話とは別になされるおしゃべり、ガステーブルを囲んでの打ち明け話を好んでいた。彼はクローディアの顔をじっくりと観察する。すぐに記憶から滑《すべ》り落《お》ちてしまいそうな、これといった個性のない顔立ちだが、なんとか手懐《てなず》けたいと思わせるような優美さもそなえている。手のなかにいる雀《すずめ》の心臓の鼓動に耳を澄ます子どものように、クローディアが呼吸する音に耳をそばだてる。ジョアルの溢《あふ》れんばかりの自信からは何千キロも遠く隔たった彼女のか弱さを味わう。クローディアにはどこかマノンに通じるところがある。今夜マノンに電話をかける暇はあるだろうか。レミは気づいている。この夏以来、マノンと毎日会話を交わさずにはいられなくなっていることに。一日に少なくとも一回はあの少しかすれた声を聞かないと夜眠れなくなってしまったことに。彼女の背中に散らばるそばかすを結ぶ曲線を指でたどるときだけ、彼の両手が落ち着きを取り戻すことに。

「クリニックの仕事は順調かい?」会話の口火を切ろうと、クローディアにたずねる。

「はい」

そう答えながらクローディアは、会話を前に進めなければ、弾ませなければと焦る。けれども、なにを話せばいいのかわからない。あの人たちにとっては、ほかの人たちにとっては、世間話をするのはとても簡単で自然なことなのに。

クローディアは必死に続ける。

「患者さんたちは元気です。というか、わたしのケアを必要とするくらい調子は悪いんですけれど。でも元気です。よくなるんです、施術を受けたあと、たいていは」

彼女は自分の珍妙な発言がしばらくのあいだキッチンの壁にぶつかって反響しているような気がする。レミが笑う。**この人、わたしが冗談を言ったと思ってるのね。**

「で、経営的には？」

「まあまあってところです。楽なときばかりじゃありません。オンライン予約を導入してから、スケジュールがどんどん読めなくなってきて。患者さんの四分の三がキャンセルする日もあるから。でも、そのあいだにも固定費はかかるし……」

そう言いながら彼女の頭のなかにすぐさま、実家で何度となく聞かされた、自営医療従事者が置かれた厳しい現実をぼやく言葉がよみがえってくる。精神科医の父と産婦人科医の母の口から飛び出してくるのは治療の話でも患者の話でもなく、経営計画や経費や設備投資の話だった。両親は協力して、自分たち夫婦と六人の子どもたちの物質的な快適さを生み出すことに特化したビジネスを営んでいた。敏腕のファンドマネージャーとして父が富の蓄積の最大化を図る一方で、母はロジスティックス部門のトップとして、長い日中の診療と、子どもたちの課外活動の数々と、フランス西部の大西洋岸にあるレ島で過ごすヴァカンスのどれをもみな同じように手際よくお膳《ぜん》立《だ》てした。子育て戦争中の母親の頼もしい助《すけ》っ人《と》としてオーペア［家事や子どもの世話をする代わりに食事や住む場所を提供してもらう留学制度」の女の子チームが子どもたちの学校の送り迎えを担当し、ソルフェージュのレッスンや、夏にはウィンドサーフィン教室に付き添った。オーペアチームは朝、ジャムやバターを塗ったトーストを用意し、夜は読み聞かせをした。

　効率を追求するテーラーシステム的な両親の子育てのビジョンには、子どもの夢に寄り添ったり、子どもの心を癒《い》やすスキンシップを図ったりすることは含まれていなかった。家では子どもたちが両親と話をする時間すら分単位で決められていて、しかもそれは週末の昼食のときだけに許されていた。**レミとふたりきりで話した時間は、いまや父とのそれを超えてしまった、**とクローディアは考える。両親は自分の子どもたちのことを理解していなかったし、いまだに理解していない——そう彼女は確信している。あのふたりはわが子をふたつのカテゴリーに分けることだけで満足している。簡単な子と難しい子。そして母が彼女を見るたび怪しむように目を細めていることから、自分は難しい子のほうに入れられているのだとクローディアは知っている。

「なんでまた運動療法士になろうと？」レミがふたたび会話を試みる。

　たまたまよ、そしてこれは自分ひとりで決めたこと。クローディアは心のなかでつぶやく。しかたなく、なんとなく、偶然に選んだのだと。高校の最終学年に上がったとき、彼女は母親に、「個人的なことで相談に乗ってほしい」と持ちかけた。すると母はかぶりを振った。「クローディア、わたしがあなたにピルを処方するのは無理。

同僚を紹介してあげる」そんなわけでクローディアは、日曜日に家族で囲む食事の席で緊張のあまり顔を真っ赤にしながら、成績が中ぐらいだったにもかかわらず、両親と同じ医学の道に進みたいというみずからの希望を表明するはめになったのだ。困惑して極限まで細められた母の目と、青春期における自尊心の自己抑制の困難性について二言三言、みずからに言い聞かせるようにつぶやいたあと浮かべた父の引きつった微笑みと、自分の番がまわってきたときに話す事柄《ことがら》に気を取られていた兄弟姉妹のまるで他人事《ひとごと》といった表情がいまでもありありと脳裏に浮かぶ。テーブルの下で貧乏揺すりをしているクローディアの脚のリズムに合わせて、大皿のなかでチキンの肉汁が揺れていた。その数週間後、彼女は運動療法士養成コースを選択した。

「人の体をケアしたかったんです。回復のお手伝いをするのが好きなので。それにわたしは、言葉より手を使うほうがうまくやれる」

クローディアはレミに答えると、自分をこんなにもさらけ出していることに驚き、もっと突っこんだ話をしようか、もっと語りつづけようか迷う。施術用のベッドに横たわる体が放つ驚くべき詩情について。ときに滑《なめ》らかで、ときにセモリナ小麦のようにざらついている肌について。突き出ている肩甲骨について。コーヒー豆を思わせるホクロについて。勇気を奮い立たせるため、自分がレミの脊椎後彎《せきついこうわん》を矯正しようとしているところを、クリスマスツリーの形についた彼の背中の贅肉のひだをマッサージしているところを想像する。押したり、引っ張ったり、ねじったりする自分の手に秘められた不思議な力について語ることもできる。けれどもレミはもう、彼女の話を聞いていない。

クローディアはレミの視線の消えゆく先を確かめようと振り返る。ダイニングのバルコニーで、ジョアルが携帯電話の画面を一心不乱にタップしている。

「あんなふうに打ちこむなんて、いったい誰宛《あて》のメッセージだろう？」レミがつぶやく。「面白いよな、ある日いきなり、互いになにも言うことがなくなるんだから。理解できなくなるんだから。あるいはもともと理解なんかしていなかったのかもしれない」

彼はウイスキーのグラスをつかむ。そして、塩辛い漬け汁のなかに沈んでいる食べ残しのオリーブをそのまま放置して、クローディアのもとから無言で去っていく。

8

ジョアルは錬鉄製の手すりに肘をつきながら、熱くいがらっぽいタバコの一服を味わう。空が帯電しているような色合いに染まっている。それは目の前に建ち並ぶ建物のスレートの屋根からそそり立つアンテナが、日中に溜めこんだ電気を空に向けて一気に放出したかのようだ。フラワーポットに載せていた片足で、ラベンダーの株のあいだに置いてあったグラスを倒しそうになる。喫煙は席をはずすための恰好の口実だ。自分がいまいる場所からいつでも好きなときにつかのま逃げ出せるこの自由を手に入れられるというだけでも、肺を焦《こ》がす価値はあると彼女は思う。タバコはたぶん、青春時代の自分といまの自分をつなぐ唯一のアイテムであり、彼女の人生を覆う光沢のあるニスの下からいまだにその姿を覗かせている唯一の傷だ。

タバコを吸い終えたらカールに電話しよう。より正確に言えば、タバコを吸い終え、ウイスキーをひと口飲んだらカールに電話しよう。彼女は二十一時までに返事すると約束していた。時間に遅れたことを指摘されるに違いない。けれども時間をかけて検討するよう言ってきたのは向こうだ。「旦那《だんな》さんに話さないといけないだろうから」とカールは言った。その言葉に皮肉がこめられていたのかどうかはわからない。いずれにせよ、回答するまでの猶予は純粋に形だけのものだった。あれほどのオファーを断れるはずがない。それは必然的な成り行きということ以上に、ゴールへの到達の意味合いが強かった。なにしろ企業という組織において、まさに神にも等しい地位を提示されたのだから。

ジョアルは昼間に襲われた不思議な感覚を振り返る。心が肉体から遊離したようになったのだ。オリクス社の執行役員たちが詰めている階では、フロアじゅうが秘密めいた興奮でざわついていた。ヴァカンス中に開催された度重なる電話会議の際に回線越しに伝わってきた期待に満ちた小さな羽音は、パリのビジネス地区、ラ・デファンスにあるタワービルに執行役員たちが集結したこの日、轟音に変わっていた。広々としたオープンスペースを横切り、カーペットにオークル色の靴を滑らせながら自分のオフィスへ向かうカールの姿が見えた。軽く微笑みを浮かべていたが、日射しが眼鏡《めがね》に反射していたせいで目の表情は読めなかった。彼女はカールにランチを誘われていた。巨大なビル群に押し潰されそうになっているブラッスリーに赴くために彼と並んで歩きながら、ジョアルは息を切らして汗だくになった。そして上司の速い歩調に遅れまいとする自分の足取りの滑稽《こっけい》さと、ブラウスの下で見苦しくゆさゆさと揺れている重たい胸を意識した。新凱旋門《グランダルシュ》の巨大な吹き抜け空間から溶岩流のように流れこむ熱風が周囲の建物の輪郭を膨張させ、時間を間延びさせているように思われた。

食事が始まると、彼女は落ち着きを取り戻そうと試みた。そのときふたりは、目下進行中の重大案件について低いささやき声で意見交換を続けていた。不意にカールの声音が厳粛さを増した。彼はなにかをたくらんでいるような顔で、合併後に誕生する企業の数値目標——全世界における十万の雇用、百億ユーロ超の売上高、堅調な二桁《けた》の成長率——を並べ立てたあと（もっとも、これらの数字はすでにジョアルの頭に叩きこまれていた）、この新たに生まれる企業の最高経営責任者《CEO》に就任するよう彼女に要請し、自分は社外取締役《とりしまりやく》を務めるつもりだと告げた。

それを聴きながらジョアルは、ふわふわと遊離している自分の心を、窮屈で暑すぎるスーツを着こんだビジネスウーマンの体のなかに戻そうと必死だった。けれども、どこかよそにいるようなこれまでにない奇妙な感覚に襲われて、心と体が嚙みあっていないような気がした。彼女はうなずき、機械的に返事をしながら漠然とした不安に襲われた。カールは相手の顔に喜びや誇らしげな表情が浮かぶことを期待していたはずだ。なのにいま見ているのは、不可解な仮面のような顔に違いない。目の前の皿に載ったリブロースから、赤みを帯びた肉汁が流れ出ていた。彼女は料理に手をつけられなかった。今夜二十一時までに返事をするとカールに約束した。

ジョアルはタバコをひと口吸いこむ。心が肉体から離脱したようになったあの初めての感覚のせいで、幾度となく夢見てきたあの瞬間が、幾度となく望んできたあの勝利がもたらすはずだった強烈な高揚感《こうよう》が奪われたのだと気づき、一抹の苦々しさを覚える。心の準備ができていなかったせいなのか？　たぶん夏のせいだ。ヴァカンスの香りがまだ肌に染《し》みつき、砂の粒がいくつか爪《つめ》のあいだに挟まっていたのだろう。なにしろ今年のヴァカンスは楽しかったから。終盤はとくに。レミと彼女は友人夫婦とその子どもたちが去ったあと、大きな一軒家《ヴィラ》をふたりだけでのびのびと使った。毎日遅くまで寝ているレミを尻目《しりめ》に彼女は朝早くに起き出し、眼下に広がる地中海を眺めながらコーヒーを飲み、日がのぼるにつれて激しさを増していくセミの鳴き声に耳を傾けた。イチジクの並木に縁取られた小道をネグリジェ姿で入江まで下り、透き通る海でその日最初の海水浴を楽しんだ。遠くを大型客船が通り過ぎていった。ジョアルは広大無辺の海の青に陶然とした。

指のあいだでタバコが燃えていくのを見つめる。砂時計の最後の粒が落ちていくのを眺めるように。ガラスのくびれをどんどん速度を増しながら落ちていく砂粒の軌跡を追うように。彼女は亜鉛とスレートの屋根の連なりがつくり出す青みがかった丘陵を見つめ、道から響いてくる子どもたちの大きな声に聞き入りながら、この八月末の自由を味わう。

街は乾いた草と埃《ほこり》のにおいを漂わせている。タバコは人差し指と中指のあいだで冷えてしまった。エティエンヌが注いだ値の張るウイスキーは、遠い青春の日々に工科大学校のパーティーでコーラをまぜて飲んだ安物のウイスキーの味がする。ポケットから携帯電話を取り出す。スクリーンセーバーに《お母さん》と書かれた緑のバナーが浮かびあがる。この《お母さん》という言葉を目にするたびに、彼女はいつも衝撃を受ける。母親とのあいだに距離を置こうとしているのに、この親密すぎる単語がいつまでもついてまわる。

母親がまた電話をかけてきたらしい。メッセージはなかった。携帯電話の画面の向こうに、前回、つまり今年の一月に会ったときの母親の顔が浮かぶ。白髪まじりの長い髪は手早く一本の三つ編みにまとめられ、日増しに強くなる失望感の重みに耐えかねるかのように目尻《めじり》は垂れさがり、唇はへの字にゆがんでいた。歳月とともに、顔を縁取る巻き毛の暴《あば》れ具合は和らいだ——おそらく白髪は褐色の髪よりコシがなくて柔らかいのだろう。母はもしゃもしゃとした髪の乱れがないと落ち着くのか、あるいはいまではもうどうでもよくなったのか、ジョアルが子どもの頃から慣れ親しんできたパステルカラーの小さなスカーフを頭にかぶるのはやめてしまったようだった。かく言うジョアルもボリュームのある巻き毛の持ち主で、脳裏にふと、この手強《てごわ》い髪と一戦まじえているときのことが、ドライヤーを武器に鏡の前に陣取っているときのことが思い浮かぶ。後頭部に熱風をあてようと体をひねる姿勢や、たっぷりとしたさらさらのストレートヘアを手に入れるために必然的に発生する焦げた髪のにおいなどが。彼女は一瞬、盛大に渦を巻く髪をパステルカラーのスカーフの下にしまいこんで次の株主総会に出席する自分の姿を想像する。

カール宛に、誇らしく思う気持ちと熱烈な謝意と、新会社で数々のチャレンジに挑もうとする意欲を綴《つづ》った長いメッセージをしたためる。そしてそれを削除する。それから《お引き受けします》と書く。そしてこれも削除する。

固い表情で窓辺に近づいてくるレミの姿を目の端にとらえる。テーブルにつくよう手招きされる。

宛先：カール

《申し訳ないのですが、もう少し時間をください。二時間以内にはお返事します》

ジョアルは送信をタップする。

9

クローディアはキッチンのガラスの間仕切り壁越しに、いまは無人になったリビングの先にあるダイニングのテーブルを囲むエティエンヌとふたりの客を見る。会話の中身は、点《つ》けたばかりの換気扇の音にかき消されて聞こえない。エティエンヌは彼女が窓をあけるのを嫌がる。カレーのにおいで隣人たちを悩ませるのではないかと心配なのだ。太陽は暑苦しい大気をあとに残して沈んでいった。オーブンをあけた瞬間、熱風が顔に襲いかかってくる。鼻の下に浮いた汗を手の甲でぬぐい、耐熱皿を取り出して調理台に置く。

友だち三人組はクローディアと向きあう形で、ガラスの間仕切り壁のスチール枠を額縁にした絵のなかに収まっている。並んで座るジョアルとレミの背後にエティエンヌが立ち、少し前にワインセラーから取り出してきたブルゴーニュをふたりに味見させている。エティエンヌがいまさっき灯《とも》したペンダントライトの金色の光の下で、期待しているのだろう、レミが口元をほころばせる。そして血のように赤い最初のひど口分のワインを、グラスのなかでくるくるとまわす。エティエンヌがボトルのラベルを撫でる。

クローディアは調理台に身を乗り出すと、詰め物で膨らんだ花冠が破れないように注意しながらズッキーニの花を皿に移す。せっかくの料理が冷めないように急がなければならない。ダイニングからエティエンヌが横目で視線を投げてくる。クローディアは腹部に突っ張るような鈍い痛みを感じる。引きつりが治まるまで少しのあいだ座って休みたい。心強い手が肩に置かれ、不安を取りのぞいてほしい。不安がいま、体を通じて悲鳴をあげているに違いない。

エティエンヌがやってくる。キッチンに入った瞬間、彼の顔を覆っていた微笑みの仮面が一気に剝《は》がれ落《お》ちる。クローディアは腹の奥がますます強く引きつるのを感じる。こんなふうに自分を苦しめているものが痛みなのか不安なのか、それとも恥の意識なのかわからないまま、泣き出したいような気持ちになる。エティエンヌに泣き言を言うつもりはない。しかしそれでも、ほんのいっときでいい、いたわってもらえたらどんなにいいか。もしあのことを伝えたら、この人はわたしをもっと大事にしてくれるだろうか？

エティエンヌにあのことを伝える。希望と不安が手を取り合ってクローディアの心臓をぎりぎりと締めあげている。三日前にエデルマン医師に診てもらって以来、心臓は鷲《わし》づかみにされたままだ。

クローディアは六月末にピルをのむのをやめていた。それはエティエンヌと一緒に決めたことで、夏の訪れのように明るく希望に満ちた決断だった。ふたりで二週間、南仏のリュベロン地方で過ごす予定になっていた。そこで子どもをつくるつもりだった。親になるという、自分たちにとって未知のステージを開拓し、おそらくそこに新しい共犯関係を見いだすつもりだった。そのあとヴァカンスは少しずつ、枯れかけたラベンダーのようなくすんだ色合いを帯びていった。一緒に過ごした十日のあいだ、エティエンヌはいつものように本を読んだり音楽を聴いたりしながら機械的に彼女の髪を撫でた。セックスは普段と比べて少し回数は多かったかもしれない。そのあと急遽《きゅうきょ》、エティエンヌが予定を切りあげて帰ることになった。ある案件に関《かか》わって、職場での自分の存在感を高めるために。そうして彼女はメネルブの大きなヴィラに置き去りにされた。

ピルをのんでいたとき生理は止まっていた。もっともクローディアは、女性のエレガンスを損《そこ》なうこの毎月の面倒事から逃れられるのを喜んでいた。けれども六月末にピルの服用をやめても生理は戻ってこなかった。なにかが変だった。彼女の場合、いつもなにかがおかしかった。生理がないことをわざわざエティエンヌに伝えようとは思わなかった。

彼女は八月最終週の月曜日にこっそりエデルマン医師の予約を取った。診察室に入るとすぐに、産婦人科医のオドレイ・エデルマンがやさしいまなざしを向けてきた。その瞬間、情けないことに大粒の涙がふたつ、頬をこぼれ落ちるのを感じた。エデルマン医師の肌はバタークロワッサンのようにこんがりと黄金色《こがねいろ》に輝き、長いブロンドの髪は日に焼けたせいでほとんど白に近く、リネンのセーターが美しい肩のラインを強調していた。彼女はとても女らしくて色気のある、通常であればクローディアを怯《ひる》ませるタイプの女性だった。けれども彼女のそばに行くたびにクローディアは、心を落ち着かせてくれる温かな波に包まれるような気がしていた。自分の母親がエデルマン医師のような産婦人科医だったらよかったのに、と思っていた。母親だったらよかったのに、と思うことさえあった。エデルマン医師は無言のまま、おそらく無意識にだろう、低く小さな声で鼻歌を歌いながら診察した。そして診察が済むと軽く微笑みを浮かべて彼女を見た。

「クローディア、生理が来ないのは妊娠しているからよ。おめでとう」

そして患者の顔に翳《かげ》が射《さ》したことに気づいたのだろう、それを追い払うようにいっそう柔らかな口調で続けた。

「嬉しいニュースよね、でしょ?」

クローディアの頭に最初に浮かんだのは母親の反応だった。母は、生理が来ないのに妊娠の可能性に思い至らなかった娘を救いがたいほど愚鈍だと考えるだろう。そして次にエティエンヌのことを考えた――前もって知らせずに診察を受けたことを、あの人にどう説明すればいいのだろう？　新たにこみあげてきた涙が、最初の涙の跡をぽろぽろと伝い落ちていった。エデルマン医師はもうなにもたずねずに診察を続け、出産までの検診のスケジュールを説明した。そして最後に小さなカードを手渡した。そこには携帯電話の番号が手書きされていた――「ここに連絡してね。必要があったら。あるいは、ちょっと電話したくなったら」。

「準備できたかい、クローディア？　お皿を運ぼうか？」

　しびれを切らしたのか、エティエンヌが声をかけてくる。

「ちょっと待って。ハーブを散らしたら完成する」

　エティエンヌは調理台をそわそわと指で叩く。彼は内心、ジョアルのご機嫌取りをすることにいら立っている。それと言うのもジョアルが四十五分も遅刻してきた挙げ句、なぜかみんなに喧嘩腰《けんかごし》だからだ。こっちはワインセラーから極上の一本を提供したし、可哀想《かわいそう》にクローディアには午後じゅう料理をさせてしまったというのに、とエティエンヌは思う。みんなの共通の話題に会話を導こうと試みてはみたが、どう見ても文化と芸術――あれは芸術なんかじゃない、単なる雑な手仕事だ――は、ジョアルにとっては高尚すぎる娯楽のようだ。とはいえ、今夜はつくり笑いも猫撫《ねこな》で声《ごえ》も引っこめるわけにはいかない。なんとしても仕事をまわしてもらう必要があるのだから。

それにしても、とエティエンヌは考える。勤務先の法律事務所で自分はどうしてあんなふうになるまで事態を放置してしまったのだろう。それは最初、感知できるかできないかぐらいのちょっとした変化だった。そのあと、長年担当してきたクライアント二社が、ひとつは競合する別の事務所に、もうひとつはもっとひどいことに同じ事務所の別のスタッフに鞍替《くらが》えした。アソシエが集まるランチ会が開催されたが、彼にはお呼びがかからなかった。いちばん親しい同僚で、友人とも言えた男がある朝、エティエンヌの視線を避けるようにして所長のオフィスから出てきた。エティエンヌにはこの一連の出来事の論理的な筋道が見えないし、自分が輝きを失ったからクライアントを失ったのか、それともその逆なのかもわからない。けれども数字は明白で、もはや疑問の余地はない。今年は彼にとって散々な年で、早急に新たな契約を取ってこないかぎり、この惨状は続くだろう。今夜は彼の生き残りがかかっていた。

エティエンヌは、クローディアがかがみこんで盛りつけの仕上げに取りかかっている御影石の調理台とバーテーブル、そしてシンプルなラインの美しさが際立つキッチンファーニチャーを眺めまわす。それから、向かいあわせになっているせいで鏡像を無限に映しあっているダイニングとリビングの大きな鏡に目をやる。百年も前につくられた古い寄せ木の床にも視線を向ける。彼は足の下で床が軋《きし》む音を愛している。そんなこんなのすべてをあきらめることは到底できない。その逆だ。彼はつねにより多くを求めるようにプログラムされている。より大きなもの、より美しいものを求めるように。目をつむる。いわゆる出世というものを追求しようと心に決めた矢先に、後退、降格させられるなんて、悪い冗談としか思えない。

隣でクローディアが皿の上にコリアンダーを散らしている。作業に集中している。エティエンヌはクローディアのすっとのびた細い鼻筋、突き出た頬骨《ほおぼね》、ぎゅっと閉じられた唇を凝視する。正面から見たクローディアはいつも曖昧でぼんやりしているが、横顔はシャープで硬質だ。伴侶《はんりょ》にこの女性を選んだことには挑戦の意味合いもあった。自分の魅力が、彼女を閉じこめて窒息させようとしている臆病の殻をも打ち破り、その威力を遺憾なく発揮することを示してやるという挑戦だ。そしてもうひとつの理由はなにより、彼女に対するみずからの優位性が揺らぐことは決してないとわかっていたからだ。けれどもこの夜、いつか彼女に憐《あわ》れまれる日が来るのではないかという考えがエティエンヌの脳裏をよぎり、胃をむかつかせる。

「これでよしと。さあ、持っていってちょうだい」

そう言われてエティエンヌは、皿をふたつ手にしてダイニングへ向かう。クローディアがそのあとに続く。ジョアルから色よい返事をもらうまで、今夜は彼女を帰すわけにはいかない、と彼は思う。

10

ジョアルは携帯電話から視線を上げる。エティエンヌとクローディアが両手にひとつずつ皿を携え、しずしずと滑稽に列をなして近づいてくる。クローディアが夫の後ろに控える必要がどこにあるのだろう。そして夫が、つまりエティエンヌが、見るからに妻が何時間もかけてつくったと思われる料理を、さも自分がつくりましたというような顔で運んでくる必要がどこにあるのだろう。左側ではレミがブルゴーニュワインをちびちびと飲んでいる。チュッと液体をすする音が聞こえてくる。グラスの縁に湿ったキスを押しつけているような気持ちの悪い音だ。

この瞬間、ジョアルはその場にいる全員を嫌悪している。本音を言えば、誰よりも自分自身を。どうしてカールにあんな文面を書いてしまったのか？《申し訳ないのですが、もう少し時間をください》なんについてであれ、ジョアルが申し訳ないなどと謝罪することは決してない。迷う態度を見せることも決してない。近況伺いのためにまったくもって間の悪い日にかけてきた母親からの度重なる電話に、自分はばかみたいに心をかき乱されてしまった。レミのしつこさと普段耳にしたことのないあの険のある口調に面食らわされてしまった。そして冷めかけているズッキーニの花のせいで、人生最大のキャリアのチャンスを危うくしている。

企業トップのポストにのぼり詰める。これはジョアルが心の奥底に長年秘めてきた、口に出すこともはばかられる夢だった。彼女はほかの人たちに——友人、同僚、プレスに——、このポストを通じてオリクス社とネリア社の合併によって生まれる大型船と十万の乗組員が向かう先をみずからが決めることになる喜びや、両社のクライアントを新しいテクノロジーの地平へ導く誇りを語るつもりだ。言葉はすでに出来あがっている。それらの嘆かわしいほど陳腐《ちんぷ》な常套句《じょうとうく》は、口があいた瞬間に飛び出そうと喉のなかで順番に並んでスタンバイしている。だが実際には、今回の昇進はリベンジという物騒《ぶっそう》な香りをまとうことになる。

ジョアルは自分の初期のクライアントたちが、ジョアルというファーストネームを持つ人物が男性ではなく女性だったことを知った驚きが去るとすぐに、いきなり無遠慮な好奇心をあらわにしてじろじろと値踏みしてきたことを思い出す。彼らはコーヒー色の肌、不自然に固まったままの髪、そしてときには胸の谷間の深さまでをも通してソフトウェアに関する彼女の能力のほどを、開発者チームを最大限に酷使する手腕のほどを推し測ろうとした。ジョアルは年を重ねるにつれて、こうした厳しく詮索《せんさく》するような視線に立ち向かうすべを、相手が突つきたくなるであろう傷穴――母親から受け継いだ微かな訛《なま》り、駆け出しの頃にまれに口から飛び出した言い間違い――をひとつひとつ埋めていくすべを身につけた。そして猛烈な働きぶり、負けず嫌い、さらには絶対にあきらめない鉄の意志を通じて社内で名の知られる存在となった。契約書を修正したり、ソースコードを書き直したり、さらにはキリキリと痛む胃を抱えつつ、激怒するクライアントやお払い箱にしなければならないスタッフとの話しあいの準備に追われたりしたいくつもの夜を思い出しながら、ジョアルは同僚たちの目に服従のしるしを見て取りたいという欲望に駆られる。そしてあの人たちが、同僚たちの全員が――彼らは決まって年上で、決まって白人で、決まって彼女よりずっとまぎれもなく男性だった――例の非の打ちどころのないスーツに身を包み、例の慇懃《いんぎん》な態度と紆余曲折《うよきょくせつ》のない悲しいまでにまっすぐな経歴を携えて自分の前にずらりと並んでいるところを想像し、生まれたときからキャリアが約束されている人びとに対して移民の娘が勝利する瞬間を夢見る。

《申し訳ないのですが、もう少し時間をください》

自分は怖がっているのだろうか？　戦士である、闘士であるこのジョアルが、子どもみたいに不安に押し潰されているのだろうか？　結局はほかの人と同じように、自分には無理だ、自分はそんなレベルにはないと尻込みしているのだろうか？　あるいは逆に、提示されたポストがそれを得るために自分があきらめてきたものすべてを合わせたレベルに届かないのではないかと不安を感じているのだろうか?

とはいえ、ジョアルはこのあきらめるという考え方が嫌いだ。自分はあきらめたのではない、選んだのだ。荒野を行くこの孤独な道を自分で選び取ったのだ。そしてその道は少しずつ、友人たち、両親、レミを遠ざけた。この道では子どもの泣き声で静寂がかき乱される恐れはない。そしていま、道は彼女の前で虚空に架かる吊り橋《つばし》となってのびている。一歩でも足を踏みはずせば、深い未知の谷底へ落ちるだろう。

ジョアルは携帯電話の画面が放つ催眠的な光から逃れるため、電話を裏返してテーブルに置く。ゆっくりと息を吸って落ち着きを取り戻そうとする。あいた窓から子どもたちの歓声が聞こえてくる。腕時計を確かめる。もうすぐ夜の十時だ。子どもがこんな遅くに通りでなにをしているのだろうと怪訝《けげん》に思い、まだ夏休みが終わっていないことを思い出す。なんと叫んでいるのか聞き取ろうとするけれど、楽しげに響く甲《かん》高《だか》い騒音にしか聞こえない。ワインをひと口飲んで席を立ち、バルコニーに移動して子どもたちを眺めたいという欲望を抑えこむ。カールにいますぐ承諾の意思を伝えよう。

けれども少し前に、《二時間以内に》返事すると約束したばかりだ。いま返事をしたら、頭がおかしいと思われるだろう。だから待たなければならない。ジョアルはブルゴーニュワインのフルーティな芳香に少しだけ心を慰められ、アルコールがもたらす酔いの感覚を味わう。

見るに見かねたのか、エティエンヌが声をかけてくる。

「ズッキーニの花に手をつけてないね。好きじゃないの？」

「そんなことない、もちろん好き」

「今夜はあまり元気じゃないみたいだな。もしかして、嫌な一日だった？」

「そんなことない、その逆。すごくいい一日だった。ほんとは話しちゃいけないんだけど——絶対に内緒にしてくれるよね？　レミ、あなたにさえ伝える暇がなかったんだけど、実はカールから今日の昼、これ以上ないオファーを提示された。で、引き受けることにした。オリクス社のＣＥＯのポストに就くことを」

11

いきなり部屋じゅうが驚きと興奮に沸き立つ。エティエンヌが勢いよく席を立ったので、その拍子《ひょうし》に椅子《いす》が後ろに押し出されてクローディアの椅子にぶつかる。クローディアも気がつくとほかの三人と同じように立ちあがっている。賞賛と愛情のこもった手がジョアルの肩をつかむ。エティエンヌとレミに続いて彼女もジョアルを抱きしめる。エティエンヌの抱擁が執拗《しつよう》すぎて、どうやらジョアルはとまどっているようだ。ジョアルが笑い、頭に手をやり、艶のあるたっぷりとした髪に手を差し入れる。それを見てクローディアは一瞬、ジョアルがウィッグを剝《は》ぎ取《と》り、芝居がかった仕草《しぐさ》で床に投げ落とすのではないかと考える。レミも笑う。それは感嘆を表す素直な笑い、遊園地に足を踏み入れたばかりの子どもが浮かべるような笑みだ。彼はジョアルの腰に手をまわし、うぶな若者のような不器用さで自分のほうに引き寄せようとする。エティエンヌはジョアルの名前を呪文《じゅもん》のように繰り返しながら、ひっきりなしにしゃべりつづける。

「それってすごいよ、ジョアル、素晴らしいよ、ジョアル」そして急に真顔になって言う。「当然だ。きみなら任命されて至極当然だよ、ジョアル」

エティエンヌがクローディアにシャンパンを持ってくるよう言いつけ、軽く笑いながら自慢げに冗談を飛ばす。

「シャンパンはつねに冷やしておくのが正解だな！」

クローディアはグラスを用意するあいだ、夫がこの同じセリフをこの夜いちばんの重大ニュースを伝えるように繰り返すのを耳にする。

グラスを持ってダイニングに戻り、エティエンヌに開栓を任せる。のばした手の先でシャンパンが泡《あわ》を立てて流れ落ち、弾けるような歓声が互いにぶつけあうグラスの音をかき消す。今度ばかりはクローディアも周囲に溶けこむのに苦労はしない。ほかの人たちも頬を赤く上気させているし、ほかの人と同じように笑いながら「すごい、すごい！　おめでとう！」と繰り返せばいいのだから。エティエンヌに額にキスまでされて、クローディアは夫がこんなふうに彼女を喜びの輪に加えてくれたことに驚く。エティエンヌは茶目っ気たっぷりに仰々しくグラスを掲げ、ほかの人にもそうするよう促《うなが》して音頭を取る。

「CEOに乾杯！」

レミとクローディアも同じ言葉を繰り返し、グラスを口元に寄せる。

舌先に泡が触れるのを感じた途端、クローディアは手を下ろす。お腹のなかで育っているこの未知の命を守らなければならない。周囲を眺める。誰もなぜ飲まないのか訊いてこないし、こちらの秘密を探ろうとしない。彼女の視線はすっかり冷めてしまったズッキーニの花に注がれる。ジョアルの皿に盛られた花にはまったく手がつけられていないし、ほかの人もほとんど食べていない。オーブンから出したときには燃え立つように美しかった花冠のオレンジ色は黒ずみ、先端部は白っぽい詰め物で膨らんだ腹のほうにしなだれかかっている。

クローディアは軽いめまいに襲われてテーブルにしがみつく。腹部の引き裂かれるような鋭い痛みがぶり返してくる。まるでハイエナが腹に鋭い牙《きば》を突き立てて肉を引きちぎろうとしているみたいだ。耳元で声がざわめいている。男ふたりがジョアルに愛と賞賛のこもった言葉をかけている。その瞬間、彼らが欲望を滲《にじ》ませながらジョアルの体に触れていたことを思い出し、ジョアルを自分のほうに引き寄せようとしたときのレミのぎこちなくて猷めいた身ごなしが脳裏によみがえる。エティエンヌがジョアルのうなじに手をあて、やさしいとも言えるような仕草で自分の胸に抱き寄せたときの姿も。クローディアは暗闇《くらやみ》のなかで震える。

赤ちゃんができたと伝えたら、エティエンヌは同じようにやさしく抱きしめてくれるだろうか？　そんな問いが痛々しく鳴り響き、内側から彼女をのみこんでいる大きな空洞のなかに消えていく。抱きしめてくれると確信できたらどんなにいいか。いま、いますぐここでエティエンヌの肩に頭を預けて身を寄せて、彼の大きな体のぬくもりを感じられたらどんなにいいか。クローディアはお腹の子を通じて、出会った頃に感じた希望をふたたび見いだしていた。お腹の子を通じてたぶん、エティエンヌの世界に通じる扉をあける権利を、彼の趣味と知識を分かちあう権利を、彼が味わっている自由の拠《よ》りどころであるはずのさまざまな旅に同伴する権利をようやく手に入れることになるだろう。二年前、クローディアはエティエンヌの愛の約束にしがみついた。船が難破して海に投げ出された人が、もう来ないとあきらめていた救命ボートにしがみつくように。そしてそのあと、孤独な灰色の冷たい海のほうへ少しずつ流されるがままになっていた。けれども子どもの存在が、新たな救いを信じる力になっている。子どもの存在が、溺《おぼ》れ死にそうな彼女を救っている。

クローディアは視線を上げる。片手はまだ必死にテーブルをつかんでいる。はらわたを引きちぎるような痙攣《けいれん》は治まった。エティエンヌはこちらを見向きもしない。目に入らない。わたしはいないも同然だ。不安が胸に爪を突き立て、首筋を這《は》いのぼり、喉に取りつく。いまここで赤ちゃんができたことを告げようか。とにかく安心したいから。彼女は口を開きかける。だがすぐに閉じ、溢《あふ》れ出《で》そうになっていた涙をこらえる。当然、いまはなにも言うべきではない。それは自分に関心を向けようとするみっともないやり方にほかならない。もともとこの週末に話すつもりだった。秘密を抱えて辛抱するのはあと三日だけ。三日経ったら、エティエンヌがまた愛してくれる。

気力を奮い立たせようとして思わず力が入る。顎を上げ、両手を握りしめる。その瞬間、ガラスの割れる音が響く。なぜか手のひらと前腕が血とシャンパンで濡《ぬ》れている。シャンパングラスの繊細なガラスが、彼女の指の力に耐え切れなかったのだ。ほかの三人が驚きの目で見つめてくる。まるでこの迷惑な不意打ちにいら立っているかのように。

「なんてこと、ごめんなさい。いったいどうしちゃったんだろう……。わたし、今夜は本当にドジばかり。すぐに片付けます。そこにいて、エティエンヌ、わたしがやります。全部きれいにする。ついでにお皿も下げますね、どうせ冷めてしまったし。そうしたら次に移れるから」

12

投げかけられた一連の言葉は、ジョアルにシャンパンと同じような効果をもたらす。快楽のさざ波となって胸をゆっくりと下り落ち、腹にその熱を拡散するのだ。

「当然のことだよ。誇りに思っていい。きみは誰よりも優秀なCEOになるに違いない……」快楽はそこに嘘という禁忌《タブー》が含まれているからこそより強い。けれども、そもそもジョアルに嘘をついたという自覚はない。この場合、道義上の非難の意味合いを含む〝嘘〟という言葉は強すぎる。実際には物事の順序を入れ替えたにすぎない。カールに電話をするのは一時間後だが、その電話によって生み出される新しい局面をいまここですでに味わおうとしただけだ。なにしろ長年辛抱を重ねてきたのだ。ほんの一時間だけ先取りしたところで、なんの不都合があるだろう。

「今後のスケジュールはもう決まってるのかい？」エティエンヌがたずねる。

「カールが明日、プレスに情報を流すことになっている。合併にはまだ数ヵ月かかる。法規や組織にまつわるどうしても端折《はしょ》れない手続きがあるから——そっちの方面はあなたのほうが詳しいと思うけど。来春の株主総会までは正式に任命されるわけじゃない。でも名前が公になれば、その直後から合併プロジェクトに関われるし、自分のチームを編成することもできるようになる」

ジョアルは舌の上で弾ける金色の泡を味わう。自分の強さを感じる。両足は床をしっかりと踏みしめているし、体は部屋の光のすべてを一身に集めている。ランプというランプが自分の周囲をほんの少しくるくるとまわっているような気がする。それはきっと、きらめく後光でわたしを照らすためだ。ビッグニュースの発表がもたらした興奮のせいでみな体がカッと熱くなり、汗をかいている。厚地のテーラードパンツと長袖《ながそで》のブラウスを着こんでいるジョアルはとくに。彼女は汗が背筋を伝い落ちるのを感じる。グレーのスーツをさらに黒ずませる汗染《あせじ》みがふたつ、それこそ後光のようにすでに左右の尻に広がっていないか不安になる。サマードレスを着てくるべきだった。あの黒のラップドレスなら、この勝利の瞬間にうってつけだっただろう。ジョアルは、エレガントなドレープがつくりだす優美な腰のラインを強調しながら女王然とした物腰で自分がこの場を支配している図を頭に描く。レミがもう一度抱きしめようとしてくるが、するりと身をかわす。わたしはいまや、見る者がはたして触っていいのかわからないまま恐る恐る指先をのばす彫像のような存在なのだ。かつては、自分のいちばんの崇拝者でありサポーターでもあるレミの腕のなか以外の場所でみずからの成功を祝うことなど想像もできなかった。あの頃の日々がなんと遠くに感じられることか。あの頃にあったレミとの絆《きずな》は、いまの自分には完全に縁遠いものになっている。けれどもレミはこの瞬間、心底幸せそうで、夕食会の当初に見せていた刺々《とげとげ》しさは消えていつもの笑顔が戻っている。そうそう、自分はレミのいつも上機嫌なところが好きだったのだ、とジョアルは思い出す。自虐的なユーモアのセンスも、子どもっぽさと紙一重の、なにごとにも素直に驚嘆する能力も。どんなときにもレミがどれほど賞賛してくれたことか。それはたぶん彼の自己嫌悪の裏返しでしかなかったのかもしれないけれど、ああやって褒《ほ》め称《たた》えてくれたからこそ、困難をきわめた時期にも自分はブレずに前へ進むことができたのだ。だけどもう、レミに欲望は感じない。必要性も感じない。この夜、ジョアルの頭のなかでは彼女のCEO就任をテーマにした大作映画がつくられているが、演者は彼女ひとりだけだ。

「未来の経営委員会のメンバーはもう決めたのかい?」

エティエンヌの言葉が、まるで長いトンネルを抜け出てきたかのようにぼんやりとジョアルの耳に届く。彼女は返事をしようと意識を集中させる。

「気が早いのね! わたし自身、就任の話を消化するのに精いっぱいなのに。でもそうだな、委員会のメンバーにしたくない人物については、すでにはっきりしてると思う」

「だろうね。ってことは、きみについて懐疑的だった古参の幹部連中が地団駄を踏むことになるわけか……」

エティエンヌの熱のこもった祝福の言葉の陰《かげ》に、ジョアルは期待の色を感じ取る。そしてよこしまな満足感を覚えずにいられない。レミから昨日、エティエンヌがいま仕事で苦境に立たされていることは聞いていた。そのとき彼女はこう思った。**素人がそれっぽくやろうとしても、結局はこうなるんだって。最後には化けの皮が剝がれ落ちる。**そして今夜ジョアルはエティエンヌの灰色の瞳を、つまり額にできた三本の大きな皺《しわ》のおかげで若い頃に比べてより一層悲壮感を増して美しくなった瞳を覗きこみながら、彼は自分のいまの発言に含まれている皮肉を自覚しているのだろうかと考える――あなただって、自分がいま揶揄《やゆ》した古参の幹部連中に負けず劣《おと》らず、わたしの実力を疑ってたじゃない……。

エティエンヌに初めて会ったのは二十年近く前、サン゠ペール通りにある彼の実家のアパルトマンでのことだった。彼の両親はすでにノルマンディー地方に引っ越していた。先に友人宅に到着していたレミが玄関のドアをあけ、教会の内部を思わせる厳《おごそ》かな静寂のなか、リビングへ案内してくれた。部屋に足を踏み入れた瞬間、二色刷りの世界に入りこんだような気がした。そこは寄せ木の床と天井にまで届く書棚の茶色と、ベルベットのカーテン、年代物のアームチェア、ずらりと並ぶ高級装丁本からなる緑色が織りなす幻想の森だった。すぐにはエティエンヌに気づかなかった。「ボンジュール、ジョアル」と呼びかけられてぎくっとした。振り仰ぐと、エティエンヌが書棚の最上段へつながる梯子《はしご》に立ち、レミに貸すつもりだった本を探していた。新たに来た客を出迎えるためにわざわざ梯子を下りてくることはしなかった。逆に高みから見下ろす場所にいるのをいいことに、露骨にじろじろと品定めした。

　長年のあいだジョアルはエティエンヌに話しかけられるたびに、文化と歴史に対する彼の強い自負がふたりのあいだに境界線を引いている気がしていた。そしてそこには、「どうせきみにはわからないだろうけれど」という上からの目線が感じられ、梯子のてっぺんから見下ろされているような気がした。けれども今日、視線の向きが逆転した。なにしろいまは未来のCEOが、つまり気の利かないレミがそのまま当人に伝えてきたエティエンヌの言葉を借りれば〝風変わり〟と評された女が、栄光の高みからちっぽけなエティエンヌを見下ろしているのだから。

「ん、なに?」エティエンヌが聞き返す。

　ジョアルはうっかり、「ちっぽけなエティエンヌ」と声に出して言っていた。

「なんでもない。ごめん、ごめん。ほかのこと考えてた」

　ジョアルは慌てて取り繕う。話を逸《そ》らすためになにか言い足そうとするが、思考は頭のなかに立ちこめているアルコールの蒸気に包まれていく。こんなに飲んだのは久しぶりだ。今朝からほとんどなにも食べていないことを思い出す。乾き切った唇を舐《な》め、水を飲まないとまずいと思う。あいている窓に近づく。大気は微動だにせず、じっとりと湿った肌を乾かしてくれる風はそよとも吹かない。男ふたりもやってきて、ハゲタカよろしく彼女のまわりを旋回する。ふたりの体が近すぎる距離まで寄ってくる。不意に彼女は、こんなに体が熱いのはこの人たちのせいだ、と思う。彼らの賞賛が鳥黐《とりもち》のようにわたしを絡め取っている、とも。

熱に浮かされたようなレミの微笑みと鼻の下に浮いた汗を眺め、エティエンヌのこびるように細められている瞳を探り、ふたりが次々に繰り出すお追従に耳を傾け、彼らの滑らかな顔に映し出される自分の姿に見入る。嫌悪を催すまで、この鏡の凡庸さに耐えられなくなるまで、じっと見つめる。ジョアルはシャンパングラスを置き、酔いの快楽が不快へとこんなにすぐに変わってしまったことに自分自身驚く。ダイニングをひとわたり眺め、そのあとリビングの先、ガラスの間仕切り壁の向こうにまで視線を飛ばす。息苦しい褒め言葉を並べ立てようとしなかった唯一の人物を探すために。

「キッチンにいるクローディアを手伝ってくる」

レミとエティエンヌは、切迫感を滲ませたその声に驚いたように彼女を見つめる。

そして、女同士で料理を準備するという、男にとって当然の状況を受け入れる。

13

「バルコニーで一服してくる。付き合えよ」レミが言う。

「悪魔のお誘いだな」エティエンヌがぼんやりと答える。

「タバコを吸えとは言ってない。でもまさか、においまで受けつけなくなったわけじゃないだろ？　いや、なに、クローディアが用意してくれたスパイシーなカレーを食べたら、地獄の火釜《ひがま》に直行だ。その前に五分ばかり外の空気を吸いたくてね」

エティエンヌがしかたなさそうにレミのあとに続く。おそらくおれとではなく、ジョアルとサシで話したいのだろう、とレミは考える。

レミはバルコニーの向こう側に広がる虚空からそれなりの距離を置くため、フランス窓の縁枠に寄りかかる。高所恐怖症というわけではないが、離れていたほうが安心だ。彼はジーンズの尻ポケットから半分潰《つぶ》れたタバコの箱を引き抜く。

エティエンヌは錬鉄の手すりに肘をつき、長引く夕暮れのなかをそぞろ歩く通行人を観察している。ティーンエージャーの女の子の集団が互いの腰に手をまわし、甲高い声でおしゃべりしながら大通りを歩いていく。すでに下りてきた宵闇《よいやみ》を透かして、エティエンヌは女の子たちの丸い肩と大きく後ろがあいたワンピースから覗く背中の乳白色の輝きをじっと目で追う。

レミはエティエンヌの薄手のコットンのTシャツ越しにそれとわかる肩甲骨の出っ張りと、これまで以上に彼を俳優顔に仕立てている額と口元の皺を羨望《せんぼう》のまなざしで眺める。そして、やつがもうタバコを吸わないのは残念だ、と思う。タバコをくわえたら、一九五〇年代のアメリカ映画のワンシーンのようにクールに決まっていたはずだから。レミはタバコに火を点け、格子状に枝をのばしているプラタナスの木々を観察する。いったい何年ぐらい経てば、こんなふうに六階に届くほどまで生長するのだろう。葉が黄色に変わりはじめている。もうじき夏が終わる。ありがたいことに。レミは秋の憂愁、その繊細でやさしい色彩、湿った葉擦れの音が待ち遠しい。ギリシャで過ごしたヴァカンスは最悪だった。ぎらつく青い海と真っ白な村々に目を射られ、耳をつんざく蟬《せみ》の鳴き声と牙を剝《む》く太陽の絶え間ない襲撃に耐えながら三週間を過ごした気がしていた。ジョアルは子持ちのふた組のカップルを招待していて、レミは地中海を見下ろす広大なヴィラを案内してまわる誇らしさが消えるとすぐに、これはしんどい滞在になるぞと覚悟した。そして毎日驚くことになった。どうやらほかの人たちにとってはだらだら続く昼食が楽しいらしい。日射しをろくに遮ってくれない葦簀《よしず》のアーチの下で、塩と砂でべたつく体のまままどろむ午後も。泳ぐことと食べること以外になにもしない単調な毎日が耐え難かった。それでも陽気な男の役を演じた。それがいつもの役回りだったから。けれどもさすがに、偽りの自分を演じることに疲れはてた。

招待客たちが帰るとレミは最後の一週間、体力を回復するため寝てばかりいた。そうすることで、ジョアルとふたりきりで過ごす時間を減らすこともできた。まれに会話を交わすときにはかなりの労力が必要だった。ヴァカンスの出だしで友人カップルの子どもたちに振りまわされたせいで、必然的に子どもの話になった。けれどもこの話題ですら、もう以前のように刺激的ではなくなった。ふたりで持つことのなかった、そしてこれから持つことも決してない子どもの話を真剣に議論するふりをしたところで、結局は哀《かな》しいコメディにすぎなかった。それはいまや過去形で話す事柄だった。

それでも少なくともレミはヴァカンスの最終週のあいだ、延々と海に浸かっている以外は毎日仕事の電話に追われているジョアルの目を盗んでマノンに電話をする機会を手に入れた。マノンのみずみずしい声は、砂漠で迷子になった人の喉を潤《うるお》す一杯の水のような効果をもたらした。マノンは彼に皮肉や命令以外の言葉をかけてくれた。日々のささやかなエピソードを語ってレミを感動させたり笑わせたりするのが上手《うま》かった。そして彼の話に耳を傾けることも。

エティエンヌがこちらに向き直り、思案顔で見つめてくる。なにかを頼もうかどうしようか逡巡《しゅんじゅん》しているような表情だ。今晩の夕食会の段取りを整えてやったことをやつが感謝してるといいのだが、とレミは思う。ジョアルを説得するのは大変だった。だがエティエンヌにはどうしてもこの夕食会が必要だったし、レミにしても、マノンのもとに逃げこむ際にずっとアリバイづくりに協力してくれたエティエンヌに借りがあった。

「おい、やっぱりタバコを一本くれないか」エティエンヌが言う。「聖人君子は柄じゃない。それにタバコを吸えるのは、子どものいないいまだけだからな」

「ってことは、クローディアとのあいだに子どもをつくろうと真剣に考えてるんだな？」

「まあな……。子どもを持って家庭を築いて一人前、みたいなところがあるからね、だろ？」

レミはなんとか小さな笑い声をあげる。エティエンヌは子どもが持てて、自分は持てない。それは正直、レミにとって考えるだにつらいことだった。

「浮かれ騒いでた青春時代には、四十歳のときにこんなふうになるなんてまるで想像できなかったよな？」

エティエンヌのこの問いをどう解釈すればいいのか、レミにはわからない。エティエンヌにとってまるで想像できなかったこととはなんなのか。北フランスの田舎町《いなかまち》ランスのしがない商店主の倅《せがれ》であるレミが、妻を通じてパリのビジネス界の大物たちと付き合いが持てるような地位にまでのぼり詰めたことか。それとも、エティエンヌの予想外にぱっとしないキャリアか。あるいは紆余曲折があった恋愛についてだろうか――もっともレミは、自分のそれは紆余曲折とはほど遠い、平凡きわまりないものだと思っていた。

「どうだろう。ぼくは青春時代に将来のことなんかたいして考えていなかったからな。それに、それほど浮かれ騒いだ青春時代じゃなかったし。自分が憶えてるかぎりはね。まあ、人生がこれほど妥協の上に成り立つものだとは考えていなかったと思うけど」

レミはそう答えるが、エティエンヌはこちらの言葉を聞いていない。そわそわとタバコを吸うと、携帯電話に視線を落とす。

「一本、電話をかけなきゃならない」

そして友人を突然こんなふうに置き去りにすることに後ろめたさを覚えたのか、言い添える。

「おまえにとっては容易じゃないだろうな。企業経営者の夫になるんだから。おまえはCEO就任の知らせをニコニコ笑いながら受け止めてたが、ぼくだったら無理だ。気分を変えてくれるかわいいマノンがいておまえはラッキーだよ」

レミは肩をすくめる。喜びを装う必要などなかった。彼はジョアルのために十二分に奮闘し、ジョアルの昇進を心から喜べるほど彼女の力を十二分に信じてきた。と同時に、今回の知らせに一種の安堵《あんど》も覚えていた。彼はどんなときにも一貫してジョアルをサポートしてきた——もうだいぶ前から自分が必要とされていないことに気づいてはいたけれど。歳月とともにふたりのあいだには溝ができてしまったが、とにかく彼女がゴールにたどりつくまで伴走した。最後まで一緒に走り抜いた。だからいまはもう、自由だ……。

14

クローディアはジョアルがキッチンに入ってくる音に気づかない。椅子の上に立ち、吊戸棚《つりとだな》のなかに手を差し入れ、カレーのソースをたっぷりよそうのに使う大きな器を探している。そして緑のまだら模様が入った大鉢を取り出すと、片方の手で食器棚につかまりながら椅子から下りてくる。

ジョアルはクローディアが無事に床まで下り、食器がちゃんと調理台の上に置かれるのを見届けてから声をかける。

「曲芸師の真似事《まねごと》なんかしちゃだめよ。危ない、危ない」

クローディアは驚いてビクッと肩を震わせる。一瞬、ジョアルの言葉の裏になにかのメッセージが隠されているのかとドキリとする——やっぱり気づかれたんだろうか？

「ごめんね、クローディア、びっくりさせちゃって——そんなつもりはなかったんだけど。お水をもらってもいい？」

「ええ、もちろん」

「ありがとう」

ジョアルは冷たい水を一気に飲み干すが、慌てて飲んだせいで、うっすらと吐き気《はけ》を覚える。自分を取り巻くキッチンの壁がぐらぐら揺れている。格子柄を描くタイルの直線が危険なほどゆがんでいる。

「ここで少し座っててもいい？」

「ええ、もちろん。準備はもう済んでるんです。最初に選んだ器が小さすぎて。わたし、お客さんを招くことに慣れていないから、それで……」

「急がなくても大丈夫。ほら、見て、男どもはバルコニーでおしゃべりしてる。旧友同士が再会を喜びあってるみたいに。それに、わたしもここにいられて幸せ。母親のキッチンを思い出すから」

自分の口からするりと飛び出してきたこの言葉にジョアルは驚く。彼女はもうだいぶ前から母親のキッチンを避けている。ノワジー＝ル＝セックにある実家で昼食に呼ばれることがあり、レミとふたりで年に一度だけしぶしぶ招待に応じているのだが――これは両親の怒りが爆発しないようにするためのぎりぎりの頻度だ――、その際にはキッチンに入りたくないのでいつもかなり遅れて着くように心がけている。

「えっ、そうなんですか？　料理の楽しみを教えてくれたお母さまがいらっしゃっていいですね。うちの母がそうしたことに時間を割《さ》くことはまるでなかったから。もっと言えば、子どもたちのためにちゃんと時間を割くってことがまったくなかったんです」

うちの母親だって、子どものために時間を割いたりしなかった、とジョアルは心のなかでつぶやく。**料理はただ、男たちの底なしの食欲を満たすためにしてたこと。**そんな考えにとらわれた瞬間、心の奥底に埋もれていた思い出が這いあがってくる。キッチンで忙しそうにしている母の姿に怒りがかき立てられるようになる前のヴァカンスの思い出だ。子どもだった自分がチュニスの朝に覚えた倦怠《けんたい》感がよみがえってくる。目覚めたとき体はまだだるく、寝起きで口のなかがねばついていた。寝室の床いっぱいに敷かれたマットレスで寝ているいとこたちを踏みつけないように注意しながら、鎧戸の閉じた部屋を横切ってそっとキッチンに入りこんだものだ。

キッチンでは母とおばが声をひそめておしゃべりをしていた。背の低いスツールに腰かけて前かがみになり、姉妹はバター色のスムール［デュラム小麦の粒。〝グスクス粒〟とも］をかき混ぜていた。ジョアルは乱れた髪のまま、すでにぎらぎらと照りつける日射しから寝ぼけまなこを守るため母親の膝《ひざ》に顔をうずめた。そしてアラビア語のささやきの神秘的な旋律に身を委ねた。お腹がすいてくると、パンをひと切れつかんで頬張《ほおば》った。身がずしりと詰まり、皮がカチカチに乾いたパンで、両親はノワジー＝ル＝セックで営んでいる自分たちの店でこれと同じようなパンを数年のあいだ、つまりフランスのバゲットを焼く技術を習得するまでのあいだつくることになった。幼《おさな》かった彼女は黙々とパンを咀嚼《そしゃく》した。

時計の針が進むにつれて八月の蒸《む》すような熱気が少しずつキッチンに忍びこんでくるなか、厳密に定められた手順に従ってどんどん作業が進められていった。まず狭いバルコニーで土製のこんろに火を入れ、熾《おこ》した炭火の上に金網を渡してピーマンとトマトを置く。そしてグリルされていく野菜を、おばが一定の間隔で四分の一回転させていく。そのとき決まって指にやけどを負っていた。トングを使うという考えは端から頭になさそうだった。起き出してきたいとこたちに外で一緒に遊ぼうと誘われても、ジョアルはよく、自分の目の高さで繰り広げられている料理のショーをそのまま見つづけた。ナイフの刃が皮を剝いたり、食材を薄切りしたりみじん切りしたり、手が生地《きじ》をこねたりする様子に目を凝らし、ブリキの鍋《なべ》類がガスコンロの上でどんどん派手に震えていくさまを眺め、フライパンのなかで油がパチパチと跳ねる音やクスクス鍋がカタカタと揺れる音に耳を澄ました。

そのあとのシーンはもう、子どもの頃の目を通じて思い出すことはできない。それは大人になった彼女のまなざしにこもる非難の光に照らされながら出現する。男たちが――つまり、おじたち、年上のいとこたち、そしてしばしばどんな親族関係にあるのかわからない男性客たちがのんびりテーブルにつき、料理が次々に運ばれてくるのを待っている。女と子どもが食べ物を口にするのは食事の最後になってからだ。小さなスツールに腰かけるか、あるいは床にじかに尻をつけて車座になりながら、冷めた残り物を急いで分けあう。ぐにゃりと柔らかくなった揚げ物を手づかみにし、ソースを吸ってところどころ団子状になったクスクスをかきまわして肉片が残っていないか探る。それから母親はお茶の準備に取りかかる。まず鍋に水とミントの葉を入れて火にかけ、沸騰したら苦みを取りのぞくため一度湯を捨てて再度煮立てる。そのあと、胸が悪くなるほど大量に砂糖を投入しながら何度か味見をして、男たちの好みの甘さに仕上げていく。そのあいだおばはブリキの大きな三つの盥《たらい》に湯を張り、粉末の洗剤を振り入れて食器を浸けはじめる。脂とスパイスと砂糖で腹が満ちた男たちが昼寝をしはじめている一方で、女性と年長の女の子たちは午後の三時すぎまで、つまり街が、国じゅうが、眠気と暑気に絡め取られて静止する時間まで、せっせと働きつづける。

ティーンエージャーの頃、ジョアルは女ばかりに働かせるこのやり方に憤り、母親に怒りをぶつけた。彼女を激昂《げきこう》させたのは、チュジニアで行われているオリジナル版の慣習よりも、フランスで採用された複製版のほうだった。

「あっちではあのやり方しか知らないから、まあいい、わかる。お母さんだって親戚《しんせき》の人たちを傷つけたくないもんね。でもね、ここではどうよ？　お父さんだって少しはお母さんを手伝えるでしょ。そう思わない？　自分の友だちを自宅に招いたとき、妻を食卓につかせないってどういうこと？　チュニジアのおばさんは外で働いてないよね。ニワトリが鳴くのと同時に起き出して、六時間かけてクスクスをつくるのが楽しいんだったらそうすればいい。わたしが口出しすることじゃない。でもね、お母さんは週に六日、夜明けからずっとパン屋で立ち働いてるんだよ、お父さんとおんなじように！　七日目はお母さんも休みなよ！」

レミが初めて両親の家に食事をしに来たとき、ジョアルは母親が一緒に食卓につかなかったらすぐに帰ると脅した。母と娘の双方が、それぞれ理由は異なるけれど、ともに果てしなく長いと感じたその日の食事のあいだじゅう、ジョアルは怒りのまなざしで母をにらみつけていた。その目力で母を椅子に釘《くぎ》づけにし、キッチンに戻るのを阻止するかのように。そのあと母は娘が訪ねてくるたびに、彼女にとっては責め苦同様のこの要請に従った。けれどもジョアルは、それ以外のときには母がチュニジアの慣習に従っているのを知っていた。

長いあいだ、母親の服従的な態度に対する怒りこそが、成功を目指す彼女のがむしゃらな努力の原動力だった。自分は絶対に料理はするまいと心に誓った。レミとのあいだで家事の負担が完全に平等になるように細心の注意を払った。なにより、キッチンに追いやることなど誰も思いつかないタイプの女性になるのだと心に決めた。母親とはまるで違うタイプの女性になるのだと。そのあと、いつとは正確には言えないが、母親への怒りが涸《か》れ、冷淡な無関心に置き換わった。

クローディアが重そうな両手鍋をガスレンジから持ちあげて調理台に置こうと、ぎゅっと体に力をこめる。ジョアルはそんな彼女の背中を見つめる。カレーをかき混ぜ、大きなレードルですくって何度も丸い大鉢によそう腕の動きを目で追う。ティーンエージャーの頃から自分に禁じてきたそれらの所作に魅了される。

クローディアが顔を上げ、準備ができたと合図する。ジョアルは少し気分がよくなっている。タイルは平行な直線と九十度の角度を取り戻しているし、周囲に立ちこめていた不透明な靄も消えはじめている。けれどもキッチンのスパイシーなぬくもりから抜け出して、リビングで繰り広げられている醜悪なコメディに戻りたいとは思わない。自分を育ててくれた女たちの声の旋律と身ごなしのリズムの思い出にもう少し浸っていたいと願う。そして、いまこの瞬間いちばん自分が望んでいるのは、母に指先でこめかみを撫でてもらうことだと気づいて愕然《がくぜん》とする。母の指の腹は、つねにオリーブオイルに触れていたためいつも滑らかだった。上司に一本電話をかけることで今夜華々しい勝利をもぎ取ろうとしている強い女であるこのわたしが、戦士であるこのわたしが、母のやさしさをこんなに激しく求めているなんて。そんな感情はすっかり消《き》え失《う》せたと思っていた。ぱっくりあいた傷口を目にしたような気がした。痛みは治まっているけれど、傷は長いあいだ体の奥底に埋もれたまま存在していた。そして傷口をふさぐことができるのは、母親の手当てだけなのだ。ジョアルはクローディアに目を向ける。一瞬、クローディアが器から肉のいちばん柔らかいひと切れを取り出して、こっそり口のなかに入れてくれるシーンを想像する。母が昔よくそうしてくれたように。

「ジョアル、ライスを運ぶのをお願いしてもいいですか?」

クローディアはライスの上にサフランを散らしていた。サフランが何本かつながって、円錐《えんすい》状のライスに赤い筋をつけている。ジョアルにはそれが亀裂《きれつ》に見える。

15

「ってことは、ジョアル、きみのポートレート記事を書こうとしてぼくらに電話をかけてくるジャーナリスト連中に披露するエピソードを、いまのうちから準備しておかなきゃならないってことか？」

「そうね……たぶん！」ジョアルはエティエンヌに答える。「自称経済誌の読者はいつだって、企業の戦略や業績よりもそういったことに興味があるみたいだから」

「レミにあれこれ教えてもらっててよかったよ。これからはきみの検閲が厳しくなりそうだから」

ジョアルは微笑む。検閲をする必要などない。なにしろ年月をかけて、人あたりがよく癖《くせ》のない人物になることに成功したのだから。

レミがカレーをひと口食べて言う。

「うーん、絶品だよ、クローディア……。いや、エティエンヌ、きみにジョアルのエピソードを洗いざらいすべて話したとは思えないね。付き合い出した当初からすでにジョアルの〝沈黙の掟《おきて》〟があったから。例えば、オリクスでの最初の採用面接がどんな具合に終わったか、知ってるか？」

「ドニとの面接か？　本好きのドニとの？」

ジョアルはオリクスに初めて出社した日、ドニ・Gから『孫子の兵法』を贈られた。彼のオフィスには古代中国で書かれたこの本がちょっとした山をなしていて、ドニはみずから採用した新人全員を兵法論の賢明なる読者に変えたと自負していた。

「たいした記憶力だな、エティエンヌ。そう、本好きのドニだ。例の本はうちのどこかに転がってるはずだ。一ページも耳を折られることなく、まっさらのままで。ジャーナリストたちにはまず、ジョアルはあの本を開きもしなかったっていう話をすればいいんじゃないか……」

「そんなことしたら、ドニは夜眠れなくなるかもよ」ジョアルが笑う。

「だよな。でも、そうすればあの気の毒な爺《じい》さんもわかるんじゃないか。彼が本をあげた若いニキビ面のプログラマーたちが孫子の兵法に興味を抱くのは、カムチャツカ半島の植物に興味をそそられるのと同じくらいありえないことだって……」

「レミ、わかってると思うけど、わたしの場合はちょっと事情が違う。まずわたしには肌のトラブルはなかったし、ここまで来るのに自分なりの戦術が必要だった。要するに、読書する時間がなかっただけ……」

彼女は当時、狂ったように働いていた。日中はソースコードを確認し、夜はクライアントへのプレゼンの準備に追われ、目覚まし時計を夜明けにセットし、明け方にはそれぞれのチームが申告してきた作業時間を計算し直した。

「とにかく、ドニとの最初の採用面接に話を戻すと……」

「あの人がわたしとの面接に応じたのは、ジョアルというファーストネームがまさか女性のものだとは思わなかったからなんだけど……」

「ジョアルは面接のあいだドニを完全に手玉に取った。彼女の十八番《おはこ》さ。やつに十二の言語でプログラミングができると信じこませたし、四歳のときからいとこたち全員のボスだったと吹聴《ふいちょう》した――幸運きわまりないことに、〝人を大切にする経営〟なんて概念はまだなかったから、ほっぺたを引っぱたいていとこたちを牛耳《ぎゅうじ》っていたなんて話をしても、ドニは眉《まゆ》をひそめたりしなかった。ジョアルは百獣の王として、獲物にチャンスを少しも与えることなく意気揚々と面接を終えた。帰ろうとすると、ドニは言った。〝自分もちょうどオフィスを出るところだ、昼食をとりに自宅に戻るのでね〟――そう、当時は十分かそこらでサンドイッチを食べ終えるのではなくて、奥さんと一緒にのんびり食事を楽しんでもクビにはならない時代だった。それでふたりで建物を出て、この無名の子会社がオフィスを構えていたヴィトリー＝シュル＝セーヌの薄汚れた道を歩いた。そしてドニは、ジョアルが不意に栗色《くりいろ》の古ぼけたプジョー

205に近寄るのを目にすることになった。車のなかにはぼくがいて、彼女を待っていた。けれどもジョアルはドニの訝《いぶか》しむような視線に気づき、すぐに車から離れた。どうしたんだとたずねられて、すかさずこう答えた。〝ごみ箱みたいなあの車の運転席にいる男がどうにも怪しげだったので、なにをしているのか確かめに行ったんです〟。彼女はそのあとタクシーを呼び止め、郊外線の最寄りの駅で降ろしてもらった。そのあいだぼくは彼女を待ちつづけた。ぼけっとウスノロみたいにね」

エティエンヌは盛大に笑う。レミが二十五歳のときに運転していたあのおぞましいプジョー205のことを彼はよく憶えていた。ふたりでよく、「あの車のあの色は、セーヌの川底のヘドロ色だ。無理もない、あそこから引き揚げられたんだからな」などと冗談を交わしたものだ。

「そうそう、レミはわたしの重要な面接にいつも付き添ってくれた……。あのときはね、あんなクズ鉄みたいな車に乗っている人間を、ドニは絶対に相手にするわけがないって思ったの」

レミはジョアルの声にノスタルジーの響きが滲んでいることに気づき、珍しいことだと思って嬉しくなる。ということは、付き合いはじめの若かりし日々を思い出し、彼女もまた心を揺さぶられているのだろう。レミはジョアルとの思い出を、記憶の引き出しに大切にしまっていた。田舎をドライブしたときによく、路肩の草むらに腰を下ろしてレッカー車の到着を待ったこと。ハイキングに出たのはいいけれど、ふたりとも地図が読めなかったせいで時間がかかり、夜、駆け足で山を下ったこと。レミは何度かストラスブール大通りにあるアフロヘア専門の理容院で突飛なカツラを買い、それをかぶって家に帰ったことがある。そのたびに笑い転げたジョアルの姿を写した心の写真は、きちんと整理して胸のなかにしまってある。彼はあの頃、ジョアルが仕事の締め切りに追われてストレスに押し潰されそうになっているのに気づくと、カイル通りにあった自宅に戻る前にストラスブール大通りに寄ってカツラを買った。彼はいまでもよく、胸のなかにあるこのアルバムを眺めてノスタルジーにとらわれている。けれども、年月とともにそこに収められている写真の輪郭はぼやけ、収められる数も減り、最近のページは空白のままだ。ジョアルにはもうカツラは要らない。もう不安とは無縁だ。彼女は機械と化した。兵法を修得した。レミは思う――ジョアルは自分がいったいなんのために戦っているのか、自分でちゃんとわかっているのだろうか。

レミはちょうどよく炊《た》きあがったサフラン風味のライスとレーズンの甘みを味わう。その料理は彼の子ども時代の冬を思い出させるシナモンの香りがする。このところレミは甘いものを必要としている。彼の体は甘いものを欲している。マノンの甘やかな体を欲している。

今週はまだ彼女に会うことが叶《かな》わず、先週末も会えずじまいだった。レミはちゃんと数えている。九月に始まる学校の新年度に向けた教員全体のミーティングを除けば、ギリシャから帰ってきたあとマノンに会ったのは三回だけだ。それだけではもう足りない。彼は昨秋、マノンと付き合い出した頃のことを思い出す。当時、彼はこのかくれんぼのゲームを主導しているのは自分だと思っていた。ゲームの参加者は三人。自分とジョアルと、高校に併設されたグランゼコール準備級という閉鎖的なサークルに赴任してきた若い物理教師のマノン。マノンはそばかすとアーモンドの形をした目が魅力的な女性で、この新任のポストと、そして自分とたいして年齢の変わらない生徒たちにおののき、ひとりでも多くの生徒をグランゼコールに合格させなければならないというプレッシャーに押し潰されそうになっていた。彼女がレミのアドバイスに熱心に耳を傾けてきたものだから、レミのほうは自分にまだ人を惹《ひ》きつける力があったことに気づいて驚いた。マノンは彼に悩みを打ち明け、思い余ったときには電話をかけてきた。レミはほかの教師たちの前で説明をしているとき、自分を見つめるマノンの瞳に賞賛の色が浮かんでいるのを見て胸が躍った。とうに失ったと思っていた魅力が復活した喜びに有頂天になり、妙に自信が湧いた。彼はマノンの心に欲望の炎が灯ったのを見逃さなかった。そしてちょっとばかり火遊びをしても大丈夫、やけどをする恐れはないと考えた。ふたりとも授業がなかったある日の午後、マノンに彼女の自宅でコーヒーを飲まないかと誘われたとき、彼は淡々とこう考えた――「自分は今日、ジョアルを裏切ることになる」。

関係を持ったあと、レミは妻に対して気まずさを覚えなかったばかりか、ある種の誇りさえ感じた。マノンは独身だった。というわけで、彼のほうが予定をやりくりしなければならなかった。映画でよくある二重生活を送る夫の役、よそに女をつくっている計算高くて如才のない男の役を演じる必要があった。逢瀬《おうせ》の頻度を決めるのも彼のほうで、マノンはそれに合わせるしかない。彼には妻がいて、しかもそれはありきたりな妻ではなく超絶にパワフルな妻で、マノンとの関係はなにがなんでも隠さなければならなかった。

レミはマノンを通じてセックスの陶酔をふたたび見いだして幸せに包まれ、マノンの湿ったベッドで熱く火照《ほて》った彼女の体を抱いて過ごす午後のひとときを嬉々として捻出した。彼はこの関係を火遊びにすぎないと考えていたが、それは幻想にすぎず、深入りせずに都合よく距離を置こうとする試みは長続きしなかった。レミは自分が愛に飢えていたことをすぐに悟った。ジョアルとすっかりご無沙汰《ぶさた》になってしまっていた反動で、ふたたび身を委ねた快楽は、めまいがするほど強烈だった。世界のすべてがいまやマノンのそばかすで彩《いろど》られていた。彼は夜昼なく彼女を想《おも》った。職員室の真ん中で抱きしめたい衝動に駆られた。

そして自分も同様にマノンの欲望をかき立てていることに気がついた。なぜならマノンが、観《み》たばかりの映画や聴いたばかりの音楽をレミと分かちあいたい、時事問題への怒りやほんの数ヵ月前に移り住んできたパリの美しさに覚える感動をレミに伝えたいという欲求にもだえているように見えたからだ。しかもマノンは、連絡を取ってはいけないと言われていた日中の時間帯にレミに電話したくなる衝動を何度もこらえなければならず、そのことが心底つらいと訴えてきた。レミは世間について語る際、斜に構えた態度で辛辣《しんらつ》な皮肉をまじえるのが流儀になっていたのだが、マノンは彼のそうした傾向を改めさせた。マノンによればそれは、レミが教師という仕事をどう考えているのか、もっと広く言えばこの社会、つまり彼女にとって日常的には居心地がよく、本質的には自分の居場所がわからないこの社会における教師の役割をどうとらえているのか理解したかったかららしい。マノンがレミの人生のなかで触れてはいけない話題、つまり子どもがいないことについて巧《たく》みに、けれども意を決したようにしてたずねたとき、彼女は見るからにレミと悲しみを分かちあっているようだった。レミがマノンと生きる将来を口にしたことはなかったが、彼女なしの人生は、いまのレミにとってはまるでありえないものに思えていた。

「このカレー、本当においしいよ、クローディア」レミは舌先にまだマノンの肌の柔らかさを感じながらつぶやく。

「本当ですか？　ありがとうございます。こんな暑いときにどうかなって心配だったんですけど、お気に召してくださったのならなによりです。あっ……、しまった、忘れちゃった。アーモンドをグリルしたものも用意してたのに……」

「気にしなくていい、クローディア」エティエンヌがクローディアの言葉を遮る。

「でも用意はできてるのよ。小皿に取り分けておいたの。もしかして嫌いな人もいるかと思って。取ってくるね」

　クローディアは、エティエンヌのいら立ちの視線を背中に感じながらリビングを横切る。アームチェアからレミの上着がずり落ちていたので何気なく拾いあげる。その拍子にポケットから携帯電話が飛び出して、クッションの上に転がる。膝をつき、携帯電話をポケットに戻そうとする。するとその瞬間、画面に表示された緑色のバナーが光り、そこに書かれていた言葉が目に飛びこんでくる。

送信者：マノン
《頭がおかしくなりそうなほど愛してる》

　突然、肩にエティエンヌの大きな手が置かれ、ぐっと強く押さえつけられる。エティエンヌに耳元でささやかれる。怒りのこもったその声にクローディアはぞっとする。

「なにしてるんだ、クローディア？　頼む、食卓についててくれ。アーモンドなんてどうでもいい」

16

エティエンヌは、飼い主に叩かれた犬を思わせる哀しげな表情で食卓に戻るクローディアを見送る。そしてリビングの真ん中に突っ立ったまま、落ち着こうとしてゆっくりと呼吸する。不安からくるいら立ちを哀れなクローディアにぶつけるのがどれほど理不尽かはわかっている。けれどもクローディアのいまにも泣き出しそうな目を見ると、自分のなかに満ちている泥のような怒りを彼女にぬぐわせたいような気持ちになる。腹立ちを覚えているのは今夜の夕食会のせいだ。ジョアルのせいだ。みんなの前で下品にも鼻高々に振る舞うジョアル、法律顧問の契約についてはお茶を濁《にご》したまま、どうでもいい青春の思い出話でレミと盛りあがっているジョアルのせいだ。

大通りの反対側にある建物の、楽しげな光で照らされていた部屋のふたつの窓が突然闇《やみ》に沈む。それはまるで二枚の灰色のまぶたで、パリのアパルトマンの金色の瞳をエティエンヌの視界から覆い隠したかのようだ。エティエンヌも目をつむる。レミの上着がかけられているアームチェアの背もたれに片手をつき、倒れないようにバランスを保《たも》とうとする。
ジーンズのポケットで彼を呼ぶように携帯電話の小さなビープ音が鳴る。エティエンヌは「クローディア、アーモンドはぼくが持っていくよ」とダイニングのほうへ声をかけ、受信したばかりのメッセージを読もうとキッチンのガラスの間仕切り壁の向こう側に逃げこむ。アレクサンドラからの返信だ。食事の前にジョアルとふたりきりで話すことができなかったエティエンヌは、情報こそが力の源であることを思い出し、ジョアルから聞いたスクープを勤務先の弁護士事務所のトップ、アレクサンドラに伝えることにした。そして二十一時四十五分にこう書き送っていた。
《本日のトップニュース（極秘）：ジョアル・レジェがオリクス社のCEOに就任する。本人からの情報》
現在の時刻は二十二時十分。アレクサンドラはこう返信してきていた。
《貴重な特ダネ。ブラボー》
思わず安堵のうめき声が漏れる。右手の親指と中指で、左右の眼球を真ん中に寄せるようにぐりぐりと押す。アレクサンドラからいい点数をもらった。しかし、だからと言ってさすがに子どものように感極まって泣いたりはしない。大文字で書かれたアレクサンドラのメッセージの背後から、神経を逆撫《さかな》でする彼女の鼻にかかった声が響いてくる。歯磨《はみが》き粉《こ》の広告を思わせる、光り輝く真っ白い歯を覗かせて微笑む口元が見える。彼女はいま頃、西の郊外にある自宅のペントハウスのテラスで、筋肉質の小さな尻を今朝穿《は》いていた白いジーンズに収めたまま、シャルドネのグラスを傾けながらのんびりくつろいでいるに違いない。こっちはその間《かん》、平身低頭で友人の妻のご機嫌取りにいそしんでいるというのに。エティエンヌの頭に疑問が浮かぶ。アレクサンドラのきっちりブローしたあの髪は、自宅というプライベートな空間でも、スフィンクスの頭の飾りをどうしても連想させるあの完璧な三角形を保っているのだろうか。

携帯電話の画面に入力中であることを示すアイコンが表示される。アレクサンドラがメッセージを打ちこんでいるのだ。爪を赤く塗った彼女の指が画面をタップするリズムに合わせて、自分の心臓が飛び跳ねているような気がする。永遠に思われるほどのひとときが過ぎたあとふたたびビープ音が鳴り、救済を告げるその音でエティエンヌは待機状態から解放される。

送信者：アレクサンドラ
《グレゴワールとこの件を検討してみた。彼は今日の午後、Wファンドの人間と話をしたんだけど、どうやら彼らはカールが進めるオリクスとネリアの合併プロジェクトに諸手《もろて》を挙げて賛成してるわけじゃないみたい。取締役会はプロジェクトを承認する条件として、カールに後継者を立てるよう迫ったらしい。その際、女性の後継者を要求したことはグレゴワールも把握してたんだけど、それが誰かまでは知らなかったと

のこと。どうやらあなたの友人のジョアルは、合併プロジェクトを取締役会にのませるために必要なカールの唯一の命綱のようね》

エティエンヌはこのメッセージを何度も読み返す。書いたのはアレクサンドラだが、背後にグレゴワールの影が見え隠れする。グレゴワールはアレクサンドラの上司で、事務所の創設者であり、ゴッドファーザーだ。エティエンヌは視線を上げ、リビングの向こうにいるジョアルをガラスの間仕切り壁越しに見つめる。テーブルについているジョアルの顔は、酔いのせいなのか暑さのせいなのか、てかてかと光っている。張り出した胸は身を守る盾のようだ。彼女は喜びに輝いている。ジョアル自身が自分の権力の及ぶ範囲をまだ認識していないうちからすでに、彼女の誇りが室内に満ちている。エティエンヌがジョアルを選《え》り抜《ぬ》きの友人たちからなるグループに迎え入れたのは単にレミへの友情からであり、もうひとつ理由があるとすれば、おそらく異国情緒的な興味からだった。そのジョアルがぽってりとしたその小さな手にオリクスほどの大企業の命運を握っているのだと思うと、エティエンヌは胸がムカムカする。彼女になぜこれほどの権力を手にする資格があるのだろう。自分のほうは、アレクサンドラが投げ与えてくれるちょっとした餌《えさ》で我慢しなければならないというのに。自分だって模範的な働きぶりを示してきたはずだ。同情の目で見てもらえるのではないかと清掃スタッフの生気のない虚《うつ》ろな視線を窺いながら、自分だってジョアルと同じようにオフィスで幾晩も徹夜した。彼は息子が自分と同じ弁護士になるよう背中を押した父親のことを考える。いつも髭《ひげ》をきちんと剃《そ》り、洒落《しゃれ》たダークグレーの背広に身を包んだ傲慢《ごうまん》な老人の姿を頭に浮かべて皮肉な笑みを漏らす。父の人生がどんなだったか、いまならわかる。外見を整えても本質は変わらない。父親も自分も売春婦のようなものだ。昼は客引きに通りに立ち、夜は明け方まで客たちに奉仕させられる。自分は愚かにも父の跡を追い、ビジネス界の巨大な売春宿に引きずりこまれてしまったのだ。

「どっちにせよ、生まれたときから縁がなかったのさ、華々しいキャリアには」エティエンヌは憤懣《ふんまん》やる方ない口調でひとりごちる。「なにしろ女じゃないし、アラブ人でもないから」

三度目のビープ音がしてエティエンヌはドキリとする。またアレクサンドラだ。画面に現れた小さな吹き出しのなかで、アルファベットが意地の悪いロンドを踊っている。

《あなたはジョアル・レジェと親しい仲だから、たぶん合併に向けてオリクスの法律顧問に指名してもらう話はもう済んでるんでしょうね。グレゴワールもわたしも、あなたを頼りにしてるのよ》

うるさいビープ音を黙らせたくて、エティエンヌは携帯電話をポケットに突っこむ。クローディアは例の罰あたりなアーモンドを、いったいどこに置いたんだ？

　情報こそが力の源だと胸の内で繰り返す。ジョアルはいまのところはまだ、彼女がカールにとって合併プロジェクトを成功に導く唯一の命綱であることを知らない。この点について、エティエンヌはジョアルに一歩リードしている。肝心なのは、この情報をこれからどう使うかだ。

17

ジョアルは自分の皿の食べ残しのレーズンをつまんで口に入れ、柔らかな果肉を噛みしめる。親指を舐めながら手づかみで食べてしまったことに気づき、笑いがこみあげる。眉をひそめて非難の目で見ている人はいないようだ。コリアンダーも同じようにしようかと迷うが我慢する。隣ではレミが丁寧にオレンジ色の渦巻き模様を描きながら、自分の皿にカレーのお替わりをよそっている。ソースをあんなふうにかけるなんて、もろフランス人の典型だ、とジョアルは思う。それになんにでもパンを添える。ライスの料理にさえも。とはいえ彼女もレミに倣《なら》ってお替わりしたい気分だ。それほどクローディアのカレーは美味しくて、彼女はそのスパイシーな味わい、ハーブの爽やかさ、フルーツの甘みをたっぷり堪能した。

「ジョアル、スペインのタリファまで行こうとして、ヴィエルゾンで車が故障してしまった夏のこと、憶えてるか？」

レミがジョアルに向き直って片肘《かたひじ》をつき、カレーに浸したバゲットのひと切れを宙に掲げたまま答えを待っている。ジョアルは食傷気味だ。若かりし日々のあれやこれやのエピソードはもうおしまいにしたい。けれども不意にイメージが浮かんでくる。それは光に満ちた、少しぼやけた映像だ。あのとき、夢に見たスペインのビーチは、国道脇で飲んだ生ぬるいビールにまみれた落胆とともに風に乗って彼方《かなた》へ遠ざかった。ジョアルはうなずき、レミに話を続けさせる。彼は最後のひと口をゆっくりと咀嚼する。ジョアルは思い出話に耳を傾ける。レミは彼とジョアルがふたりとも大のアルコール好き、パーティー好きだということに気づいたいくつもの宵について語る。駆け出しのジョアルがぽつぽつ成功を収めはじめていた時期で、ふたりは高揚感に包まれていた。例のプジョー205で田舎をめぐったいくつものドライブについても、ふたりで一緒に未来の青写真を、いまの日常とは似ても似つかない未来の暮らしを思い描いたいくつもの夜についても語る。ふたりは若く、まだ粗削《あらけず》りで、濃密な人生を生きようと感動的なまでに必死だった。だからジョアルは、ここ何年かの冷めた人生を前にすれば思い出話などなんの役にも立たないとわかっていながらも、好奇心と感謝がないまぜになった思いで、彼女が人生を通じて一貫して振り払ってきたノスタルジーという感情を受け入れる。

あと数分だけ忘れよう、とジョアルは思う。カールにかけなければならない電話、伝えなければならない重大な決断、道の先にある栄光について忘れよう。

レミが視線を向けてきたけれど窓のほうに顔をそむけ、青みがかった黒い空に浸る。あそこに、心の奥底に、腹の奥深くに、カレーの下に、自分の小さなかけらがまだあるはずだ。女戦士の鎧《よろい》の下に埋もれるようにして、まだあるはずだ、まだ残っているはずだ。枝の上で風に揺られる自由な梟になりたいと夢見た、自分自身のかけらが。

ジョアルは目の前にある皿に取り残されていたコリアンダーをつかむ。ギザギザの葉を噛みしめながら、掠め取ったこの最後のひとときの、アニスに似た甘い風味を味わう。

18

冷めてしまった残り物がクローディアの皿のなかで固まりはじめている。ライスの小山があちこちで、凝《こご》ったカレーの重みに耐えかねて崩れそうになっている。クローディアの耳にジョアルとレミの会話は切れ切れにしか入らない。彼女はレミの顔をまじまじと見ずにはいられない。彼女の視線はレミの目の端に刻まれた小皺《こじわ》に注がれ、カレーの脂で光る唇の表面をなぞる。**頭がおかしくなりそうなほど愛してる**――クローディアは心のなかで繰り返す。レミの濃い大造りな顔立ち、魅力のない体を嘲《あざけ》りの目で見ようとする。レミをいつもと同じ目でとらえようとする。冴えないがゆえに人を安心させる、お人好《ひとよ》しで感じのいい夫の友人として。けれどもいまそのイメージに、マノンという名の女性に頭がおかしくなりそうなほど愛されうる男のイメージが付け加わる。マノンって、いったい誰？　クローディアは考える。ジョアルとレミにそれぞれのやり方で見事に無視されたあのパリのバーでのパーティーのことを思い出し、マノンであってもおかしくない女性の顔を記憶の底から引き出そうとする。バーのどぎつい照明に照らされてまるで燃え盛っているように見えていた赤い髪が頭に浮かぶ。あれは確か、緑色のドレスを着ていた女の人だった。緑色のドレスが音楽に合わせて波打っていた。そこまで考えた瞬間、**ばかみたい**、とわれに返る。**マノンがなぜ、よりによって例のあのパーティーにいるんだろう？　それにあれがマノンだと、どうしてわたしに見分けられるんだろう？**　それにマノンは友人とは限らない。同僚か隣人、あるいは生徒かもしれない。そう、生徒。クローディアはこの仮説に飛びつく。生徒たちを退屈させるぱっとしない教師のイメージが、話し上手の人気教師のイメージに取って代わる。授業が終わると、若い女子生徒たちが目をハートマークにしてわれ先に駆け寄ろうとする魅力的な教師のイメージに。クローディアは醜《みにく》いマノンを想像しようとする。温かみのないマノンを思い浮かべようとする。けれども頭のなかに押し入ってきたマノンは、みずみずしさとレミへの欲望で光り輝いている。頭がおかしくなりそうなほど誰かを夢中にさせることなんて、レミにできるわけがない。クローディアはそう自分に言い聞かせようとするが、レミの携帯電話の画面に光ったあの一文が単純なメロディーとなって耳の奥で鳴り響き、痛いほどの嫉妬《しっと》をかき立てる。

　クローディアは周囲に視線を走らせ、エティエンヌを目で探す。そしてその視線は、キッチンの隅に迷いこんでしまったかのようなシルエットの上で止まる。乱れた髪がはらりと垂れ落ちているエティエンヌの横顔の完璧なラインと、たくましい胸の曲線を眺める。俳優みたいだ、と彼女は思う。エティエンヌには夭折《ようせつ》したスターたちが持つあの悲劇的な美がある。彼は魅力的だ。ティーンエージャーの女の子たちを夢中にさせる男の子、中学校の校庭でサッカーをすれば女子生徒に食い入るように見つめられ、その汗に濡れたユニフォームと擦りむいた膝を目にした女の子たちを身もだえさせてしまうあれらの男子生徒のように魅力的だ。エティエンヌならわかる。彼なら、頭がおかしくなりそうなほど夢中になったマノンからメッセージをもらうだろう。それも大勢のマノンから。クローディアはそう胸のなかでつぶやいたあと、ふと思う。**もしかしたら、エティエンヌもそうしたメッセージを受け取っているのかもしれない。レミよりずっと目につかない形で。**クローディアはエティエンヌに熱をあげているかも知れない女性たち、姿の見えない愛人たちに嫉妬は感じない。そしてエティエンヌの魅力はもう彼女をときめかせはしないという事実を、哀しいあきらめとともに認識する。初めて浮かんだそうした考えに彼女自身驚き、こう思う。**あの人の冷え冷えとして非の打ちどころのない美しさ、うわべの魅力——そんなものは、ほかの女性たちに譲りわたしてもかまわない。**

クローディアが嫉妬しているのはマノンだ。精いっぱい生き、心臓を高鳴らせ、全身全霊で愛しているマノン。クローディアはうっかり目にしてしまったあのメッセージがよくあるセックスだけの関係、愛のない情事にまつわるものだと思いこもうとする。けれども言葉は残酷だ。何度も舞い戻ってきて、彼女の胸を突き刺す。頭がおかしくなりそうなほど愛してる。クローディアはいつも前かがみに丸まっているレミの肩を眺める。その肩がマノンを包みこむところを想像する。レミはマノンを抱き寄せ、彼女の髪の香りを吸いこむ。マノンはレミの胸に顔をうずめ、目をつむってい る。クローディアはマノンのことを考える。マノンはレミが彼女のいない場所で夜を過ごそうとしていることに耐えられない。レミを危険にさらしてでも、自分の存在を訴えずにはいられないほど切迫した想いに突き動かされている。

「おい、エティエンヌ、なにしてるんだ?」レミが大きな声で呼びかける。「アーモンドはもういいよ。美味しいカレーはどうせもうひと口も残っていないんだから」

エティエンヌが顔をこわばらせ、レミの楽しげな呼びかけにも答えずにテーブルに戻ってくる。レミはしつこく攻める。

「迷子にでもなってたのか?　もしかして、キッチンでこっそりあちこちにメッセージを送ってたとか?」

「まさか。なんでもない。アーモンドを探してただけだ」

エティエンヌはそう答えたあと、どうしても誰かに怒りをぶつけずにはいられなくなったのか、こう言い足す。

「ぼくはクローディアみたいに、おまえの携帯をこっそり手に取ったりしない」

その言葉を聞いた瞬間、クローディアは真っ赤な波が胸元に押し寄せ、顔面で砕けるのを感じる。彼女は目の前にある皿の底を凝視する。カレーに顔を浸け、どろりとしたその被膜の下に沈んでしまいたい。彼女は二言三言、しどろもどろで口にすると、会食者たちの頭のなかから、へえ、クローディアはそんなことをする人なんだ、という驚きを締め出そうとするかのようにかぶりを振る。彼女を見つめるレミとジョアルの視線を感じる。その視線には、わけがわからないという無理解と哀れみがまじっている。クローディアは考える。どちらがより恥ずかしいことなのだろう。あんなふうにして心ならずもレミの私生活に立ち入ってしまったことか。それとも、ふたりの前でエティエンヌにつらくあたられたことか。

果てしなく長く感じられた沈黙のあと、クローディアはレミが無理やり笑いながらこうぼやくのを耳にする。

「あっ、そうか、ぼくはてっきり、弁護士の友人宅では守秘義務ってやつに守られて、悪事三昧《ざんまい》が許されると思ってたんだが……、結局、気が抜ける場所なんてどこにもないんだな」

クローディアは息が詰まりそうになっていた沈黙をレミが打ち破ってくれたことにほっとするのと同時に、クローディアがそんなことをするわけないとかばうのではなく、笑いを取るほうを選んだことに傷つきながらゆっくりと目を上げる。その視線がジョアルのほうに流れる。ふたたび物思いに沈んでいるのだろう、ジョアルは考えこむような表情を浮かべている。そのあとクローディアのまなざしは、いまだに嫌味な刺々しさを発散しつづけているエティエンヌを逃れ、レミの上で止まる。すると、硬直したつくり笑いを浮かべたレミが、彼女に目で疑問符の矢を放つ。

19

レミはクローディアの喉から赤いまだら模様が少しずつ消えていくのを見つめる。クローディアがレミの携帯電話を〝覗き見〟した可能性をエティエンヌがほのめかした瞬間、薄紙を緋色《ひいろ》のインク壺《つぼ》に浸したかのようにクローディアの首筋から胸元全体が赤く染まった。そしていまはゆっくりと赤みが引いていて、ところどころに残った斑点が、V字にあいたデコルテに奇妙な幾何学模様を描いている。レミはこれらの象形文字から、クローディアをこれほどまでに狼狽《ろうばい》させたものがなんだったのか読み取ろうとする。

彼女をこれほどまでに動転させたものがなんだったのか、レミは携帯電話を確かめに行きたくてたまらない。けれどもなんとかこらえる。わざわざジョアルの疑念をかき立てるような危険は冒したくない。悪事の証拠を隠すかのようにクローディアが喉に手をあてる。手の少し下、ワンピースの黒っぽい生地を透かして硬そうなふたつの小さな盛りあがりが見て取れる。成熟した女性の上半身というよりも、十代の少女のもののようだ。彼女の心臓は狂ったように乱れ打っているに違いない。怯《おび》えきった女の子が、ひとりで抱えるには大きすぎる秘密を知ってしまったらどうするだろう？大丈夫、彼女は黙っているはずだ。

　ただしパニックに陥《おちい》ったら話は別だ。あの大ばか者のエティエンヌがあんなふうにクローディアを責めつづけたら、彼女は自制心を失い、心強い同性の存在に頼りたくなってジョアルに打ち明けてしまうかもしれない。と、そこまで考えてレミは、ありえない、とつぶやく。そんなことはありえない。なにしろクローディアは、文章をふたつ続けて口にすることさえできないではないか。それでも、そうなったあとの展開を想像せずにはいられない。叫び、涙、クローディアの青白い頬を流れ落ちる黒いアイライナー、怒りにゆがむジョアルの唇、関節が白くなるほどぎりぎりと握りしめられるこぶし。そしてジョアルが、冷たい怒りをみなぎらせたときに出すあの男のような声で罵倒《ばとう》する。**裏切り者、卑怯《ひきょう》者、根性なし、甲斐性《かいしょう》なし！**　こんなシーンを想像した瞬間、レミは喉仏《のどぼとけ》がせわしなく上下するのを感じる。必死に微笑みを浮かべようとして顔が引きつるのがわかる。頭のなかですぐさま次のシーンに切り替える。妻に浮気がバレて家を追い出された夫が愛人のところに転がりこむシーンだ。またもや涙。涙が、マノンのそばかすの散ったピンク色の愛らしい頬に灰色の筋をつける。けれども今度の涙は喜びの涙だ。そしてそこで発せられるのは、彼の傷心を癒やしてくれる言葉だ。**やっと一緒になれた、やっと人目をはばからずに愛し合える。**

おれはたぶん、人生のターニングポイントに近づきつつあるのだろう。そしてこの状況を、一九八〇年代の出来の悪いテレビドラマみたいな形でしかイメージできずにいるらしい。レミは胸の内でそうつぶやく。だがそうした自嘲《じちょう》も、心に浮かぶ重大な問いを覆い隠すことはできない。自分は心の底で、今日がこのターニングポイントになってほしいと望んではいなかったか？　偶然あるいは運命が――どう呼ぶかはおれの人生を描く凡庸な脚本家次第だ――クローディアに妙な気を起こさせて、つまりおれの携帯電話を探らせて、おれをジョアルに縛りつけている鎖からついに解放してくれることを本心では待ち望んでいなかったか？　レミはそうした疑問を心に留めてさまざまな角度からためつすがめつし、両手のなかで大切に転がす。クリスタルの人形を、壊さないように細心の注意を払いながら手にしているときのように。

「ジョアル、きみはたぶん、きみの新たな報酬パッケージについてカールと話しあったんだろうね？」不意にエティエンヌが言葉を発し、レミはわれに返る。

ジョアルは肩をすくめる。エティエンヌはあきらめない。参考までに、と前置きし、自分が知る大企業の経営者たちの報酬額をジョアルのために列挙して比較する。

露骨に金《カネ》の話をするなんて、エティエンヌらしくない、とレミは思う。**あまりにも品がない。**通常、エティエンヌのいる世界で金という言葉を口にすることはない。もっとも、金はそこらじゅうにある。体に完璧にフィットするシャツ、猫科の動物を思わせる流線形のシルエットをそなえた車、ベルベットのように滑らかな口あたりの極上のワインの背後に隠れている。そもそもレミに金銭にまつわる事柄について、明言せずにそれとなく匂《にお》わすすべを指南してくれたのはエティエンヌだ。当時レミはただの観客だった。彼自身には先立つものがなく、ゲームに参加することは叶わなかった。よく疑問に思ったものだ。エティエンヌはなぜ、ふたりの友情を大学の教室や学生が集まるカルティエ・ラタンのカフェのなかだけに留めなかったのだろう。彼はなぜ、限られた人間だけに許されたスポーツクラブや内々に開かれるパーティーに自分を招いてくれたのだろう。そのあとレミは、贅《ぜい》を最大限に味わうには観客が必要であることを理解した。ふんだんに注がれるシャンパンは、きらびやかな世界を知らない田舎者のレミの目で見つめられてこそ輝きを増すのであり、不意に思い立ってマラケシュまでひとっ飛びしてきた旅の思い出話は、なんにでも素直に驚嘆するレミの耳で聞かれてこそその途方もなさが際立つのだ。

その後、ジョアルが破竹の勢いで出世したおかげで、レミもまた、エティエンヌが属する世界に入りこむことができた。ミシュランの星付きのレストランも遠い異国の旅も夢ではなくなり、カプリ島の石畳の路地もまるで勝手知ったる場所のように悠然と歩き、高名なシェフの店では完璧に仕上がったグレイビーソースを前に食通そのもの顔で満足げにうなずいた。贈り物を選ぶ際には、相手を喜ばせるものではなく自分が何者であるかをアピールするものを選ぶ技を身につけ、週末にトリュフの産地であるペリゴール地方を訪れたばかりの友人たちに採れ立てのトリュフをプレゼントしたり、別の友人には、そうそうカンボジアから持ち帰った黒胡椒《こしょう》があるから近々渡す、などと約束したりした。両親はただただ驚いていたが、パリを訪れたときには息子夫婦が移り住んだ広々としたアパルトマンのゲストルームに泊まり、快適な滞在を楽しんだ。

ジョアルと別れたらこうしたものすべてとおさらばしなければならず、自分にはなにも残らないとわかっている。富者たちの園を追われるのだと考えると、ふつふつと憤りが湧《わ》いてくる。エティエンヌが大企業の経営者たちの目の眩《くら》むような報酬額を並べ立ててジョアルを驚かせているあいだ、レミは心のなかで計算に乗り出す。自分の給与とマノンの給与を合わせ、そこからパリの相場の家賃を引いて残額の少なさに暗《あん》澹《たん》とする。**しがない教師のカップルは、しがない教師のカップルの暮らしを送るしかないわけだ。**

マノンはカルティエ・ラタンにあるエレベーターのない建物の七階に住んでいる。彼女と知りあって以来、レミは観光客を狙《ねら》うウェイターたちのしつこい客引きを逃れてマノンの部屋がある建物の暗すぎる階段室に滑りこみ、狭い踏み板を大急ぎで駆けのぼり、凸凹のある寄せ木の床になんとかバランスを保って据えてあるソファでくつろぐひとときを心から楽しんでいる。自分が若くて自由だと感じている。小説のなかの登場人物になったような気がしている。昼下がりに愛を交わしたベッドのまわりには、要塞《ようさい》を取り囲む壁のように本が床に積み重なっている。けれども、レゴブロックのようにあちこちで積みあげられているマノンの本の山に自分の書棚の中身が加わり、自分のガラクタが彼女の愛らしい小さな屋根裏部屋をふさいでしまうことを想像すると不安になる。この初々しいマノンの住まいをいまのように愛しつづけられるだろうか。マノンへの愛を貫《つらぬ》くために、物質的な快適さを捨てることがはたして自分にできるだろうか。

それにこうも考えて、忸怩《じくじ》たる思いがする。ドア口を通らないほど大きい花束《はなたば》をもう贈れなくなってしまった男と一緒でも、自分がこれまでに訪れた世界のいろいろな都市について語るときに添える「いつかきみを連れてくよ」の言葉が空約束にしか響かなくなってしまった男と一緒でも、はたしてマノンはいまと同じように幸せだろうか。エティエンヌにもよくからかわれている。マノンのような娘《こ》が、おまえのいったいどこに惚《ほ》れたのかなと。レミ自身は、自分とマノンの関係は共通の好み、共通の夢という確かな土台の上に築かれていると考えている。けれども今夜、その仮説の正しさを確かめたいとは思わない。

20

ジョアルは立ちあがり、キッチンに運ぶために空いた皿をつかもうとするが、気だるい街を見下ろすバルコニーの誘惑に負ける。

「タバコを吸ってくる」そう言うと、すぐにエティエンヌが応じる。

「お供するよ」

ジョアルはため息を押し殺す。

フランス窓の向こうに一歩足を踏み出すとすぐに、やさしい夜気に包まれる。八月末の炎暑がようやくその攻撃の矛《ほこ》を収めた。手すりに肘をつき、頭をぐっと前にかがめる。髪はもわっと固まったまま頭の動きについてこない。首の後ろの生《は》え際《ぎわ》に手を差し入れて、湿ったうなじをさらす。堂々としたプラタナスの並木がつくる黒い塊《かたまり》に目を向ける。大気のざわめきに合わせて葉叢が揺れている。頭の重みに引っ張られ、体が完全に前のめりになったらどうなるだろう。空中に落ちて急降下したあと翼を広げ、上昇気流に身を委ねる自分の姿を想像する。

「ふたりきりで話せるこの機会を待ってたんだ」

エティエンヌが音節を区切りながら重々しい口調で言う。その瞬間、ジョアルの空想は地面に墜落する。彼女はエティエンヌを見あげる。

「きみにとってきわめて重要な情報を入手した。カールと合併についての情報だ。カールがきみにすべてを打ち明けたとは思えない」

エティエンヌはここで大仰に間を置く。

「こんな情報を明かすのはぼくにとってリスクを伴うことなんだけど、きみのために伝えておこうと思って。それにきみなら、しかるべきときにちゃんとお返ししてくれるってわかってるからね」

それから彼は、オリクスとネリアの合併というカールの夢を実現させるにはジョアルの存在が必要不可欠であることを説明する。熱に浮かされたようなギラギラとした目で、きみは超強力なカードを手にしている、そのカードを黄金に変えなければならない、と力説する。

「カールがきみになにを言ったか知らないし、きみの報酬をめぐる交渉に口を挟む気はないけれど、カールに揺さぶりをかけるべきだ。迷っているように思わせるのさ。彼からめいっぱい好条件を引き出すために。そういうことをするのはきみらしくないのはわかってる。きみはまっすぐで義理堅い人だから。けど、人生にはいくつか、絶対に取り逃がしてはならないチャンスがある」

そう言うと、日中のあいだ太陽の熱を溜めこんだせいで依然として生温かい錬鉄の手すりをまだ握りしめているジョアルの手に自分の手を重ねる。

「それに、別に誰かのものを盗み取るわけじゃない。女性は概して、仕事における自分の価値を見積もるのが苦手だと言われている。きみには実際、厚遇されるだけの価値がある。さっき引き合いに出した経営者たちの誰と比べても、きみの価値が劣るなんてことはない。きみは気づいてないのさ。きみはあらゆる条件を満たしてる」

ジョアルは目をつむる。そうすればエティエンヌを黙らせられるとでも言うように。もちろん、エティエンヌはわたしをこんなふうに見ている。わたしがあらゆる条件を満たしていると見なしている。女性であること。若いこと。一見してマイノリティーの出だとわかること――ストレートにセットした髪が、いかにもマグレブ女性の巻き毛らしくもわっと固まってしまっている今夜はとくに。さらにはエンジニアであること。底辺から一歩ずつステップアップしてきたこと。エティエンヌはわたしの才能、負けん気、未来へのビジョンについて語らない。わたしが成功したのは、出自や属性といったわたしたちを分け隔てるもののおかげだと考えて自分自身を安心させている……。

目をあける。重ねられていたエティエンヌの手から自分の手をするりと抜くとそれを振り、目の前を飛び交っている想像上の小バエを追い払う。エティエンヌのモノローグは終わった。彼にじっと見つめられる。こちらの反応を待っているのだろう。**エティエンヌからこんなふうに恩を売られて、彼に縛りつけられてしまった、**とジョアルは感じる。**そしてこの人はわたしからの恩返しを待っている。**ということは、取締役会はすでにわたしを経営者に選んでいたのだ。ほかの人たちがわたしの与《あずか》り知らないところでわたしに代わって決めていたのだ。わたしはもう、わたしのものではない。ダークスーツの男たちに糸を引かれて操られているマリオネットだ。カールのことを考える。まったく俳優顔負けの演技力だ。ランチを一緒にしたあいだ、胸中では焦《じ》れていら立っていたはずなのに、涼しい顔を装っていた。彼はいまこの瞬間、携帯電話の光沢を放つ画面の向こうで、怒り心頭に発しているだろう。いますぐ電話をしなければ。

それにしてもエティエンヌのこの必死さは驚きだ、と彼女は思う。いつもの冷静沈着で余裕たっぷりな態度がいきなり消え、パニック気味の焦りをあらわにしている。ジョアルはエティエンヌに憐れみに近い感情すら覚える。彼が急に縮んだように感じられる。子どもの頃に過ごした場所を大人になって訪れてみると周囲のものが小さく感じられるものだが、それと同じような感じがする。エティエンヌにあげるお駄賃については、あとで考えることにしよう。

いまはとにかくゆっくりタバコを吸いたい。死刑囚にも最後の一本が許されているではないか。

「わかった、エティエンヌ。情報提供、ありがとう。これはすごく貴重な情報よ。これについてちょっとひとりで考えたいんだけど——いいかな、ごめん」

21

クローディアはステンレスの蓋《ふた》に映る自分の姿をつかのま見つめると、ペダルをさっと踏む。ごみ箱が大きな口をあけた瞬間、そのプラスティックの腹からむっとする悪臭が広がる。湿った厚紙と野菜の皮のあいだに、紫がかった鶏の臓物が見える。**食事の前にごみを階下《した》に持っていけばよかった。**クローディアはそう思いながら吐き気をこらえる。スプーンで皿の残り物を丁寧にさらい、カレーのソースを吸ったライスの小さな塊がごみの絨毯の上に、ぼとり、ぼとり、と音を立てて落ちていくさまを見つめる。食洗機をあけるが、湿ったにおいに喉が詰まり、慌てて閉める。レミが皿を抱えてやってくる。白地に緑の模様が入った大鉢のなかで、カレーのソースが濃いオレンジ色に変わっている。ソースは凝った沼と化し、いくつか肉と野菜のかけらを浮かべていた。

「テーブルの上に全部置いておいてください。あとで片付けるから」

「残り物を冷蔵庫にしまうくらいはするよ。明日、ふたりで仲良く食べればいい」

「気を遣ってくださってありがとう。でも、大丈夫」

レミにキッチンを去る気配はない。クローディアはふたたび首元に襲いかかろうとしている熱波と闘い、腹部の引きつるような痛みを忘れようとする。

「楽しいひとときだったよ」レミがやさしく声をかける。「もちろん、料理が絶品だったのは言わずもがなだ」

そのあと間を置いて言う。

「おめでたも発表されたけど、それとは関係なく」

クローディアは〝おめでた〟という言葉に一瞬ドキッとするが、すぐにジョアルの昇進話を指しているのだと理解する。そして、なぜこんな言葉を使ったのだろうと驚く。もしかしたらレミはジョアルの出世を、妊娠や出産といった慶事と同じものとしてとらえているのだろうか。

「楽しい時間を過ごしていただけたみたいで、よかったです」

クローディアは平板な口調で応じる。けれどもレミにくじけた様子はなく、なんとか会話の取っかかりを見つけようとしているのか、こう続ける。

「きみたちはいつまでも若々しくてアツアツのカップルだね、エティエンヌときみは」

クローディアは唇が微かに震えるのを感じる。レミはばかにしているのだろうか。

こんなにもあからさまにわたしをばかにしようとしているのか。

「きみたちはカップルを長く維持していくために必要な妥協というものを知らない。危なっかしい綱渡り師にはまだなっていない。いつなんどき友情、無関心、憎しみへと堕《お》ちていくかわからない危険を背負いながら、愛というロープの上で絶えずバランスを取っている綱渡り師にはまだならずに済んでいる。今夜きみたちふたりは、ぼくらが立ち直るためのちょっとした刺激をくれた」

そしてレミはクローディアの目に同情の光が浮かぶことを期待しながら、小さくこうつぶやく。「とてもありがたいことに」

これでよし、彼女はわかってくれた、もう心配しなくて大丈夫、とレミはほっとする。クローディアはマノンのメッセージについて口をつぐんでいるだろう。ジョアルにもエティエンヌにも誰にもなにも言わないだろう。さて、このへんで彼女を解放してあげるとするか。デザートという最後の試練を前に少し休ませてやらないと……。

クローディアはうなずき、そうすることでレミに、心安らかにリビングに戻っても大丈夫だと伝えようとする。それから、はっと身をこわばらせる。目の端に不吉な影をとらえたのだ。ゆっくりと頭を下げる。足元の黒いタイルが濡れて光っている。床に視線が釘付《くぎづ》けになる。足のあいだに小さな水たまりができている。思わずテーブルにしがみつく。心臓が飛び跳ねて胸郭にぶつかりそうになる。ついさっき、太腿《ふともも》とふくらはぎのあいだを液体が流れ落ちていくのを感じた。息が止まる。パニックに襲われているのをレミに悟られませんように。どうしても床へと向いてしまう視線をレミが追いませんように。そう祈りながら、必死に笑顔をつくろうとする。床の水たまりは耐え難いほどの緩慢さでじわじわと広がっていく。クローディアの全神経が、体のなかからダラダラと流れ出てくる液体に引きつけられる。水たまりは黒いタイルの縁を越え、セメントの目地をはみ出し、そのあとついに、隣りあう純白のタイルにまで達して深々とした血の赤をあらわにする。

22

　レミがレードルを手に持ち、南国の花の模様がついた皿に美味しそうなチョコレートムースをよそっている。ジョアルはテーブルに置いてある携帯電話をつかむ。

「この家の奥方から給仕をするよう仰せつかったものでね」ジョアルが身動きを止めたのをレミは驚きのサインだと解釈したのか、こう説明する。

「最高。男性がまめまめしく働いているのを見るのは喜ばしいかぎり」ジョアルはそう言うと、一瞬ためらってから言い添える。「五分で戻る」

「誘惑を避けようとしてるんだな」レミが微笑む。

「うん、たぶんそう。わたし抜きで始めてて。あれ、クローディアの姿が見あたらないんだけど？」ジョアルはキッチンのほうを眺めやっておやと思う。

「すぐ戻ってくるよ」とレミ。

　ジョアルは玄関ホールに出ると寝室へ続く廊下に入る。エティエンヌは確か、寝室のひとつを仕事部屋にしていたはずだ。そこで静かに落ち着いてカールに電話をしよう。

閉まっているドアの前で足を止める。近くにクローディアがいないことを目で確かめ、腋《わき》の下のにおいを嗅《か》ぐ。饐《す》えたようなむっとするにおいに顔をしかめる。さらに二歩進み、半開きになっていたバスルームのドアからするりとなかに入る。床と壁を覆っているのは、カラフルな石材のかけらをちりばめたテラゾータイルだ。こんなブルジョワのアパルトマンに、チュニスにあるおばの団地のつましい入り口ホールを飾っているのと同じタイプのタイルがあるなんて。ジョアルは苦笑する。目の前には丸い手洗いボウルがふたつ、一枚板の上にバランスを保つようにして置かれている。エティエンヌは最近バスルームをリフォームしたのだろうか。それともひとり暮らしをしていた頃からすでに手洗いボウルはふたつあり、歯磨《はみが》きするときにはそのときの気分に応じてどちらかを選んでいたのだろうか。ボウルのひとつに近づき、ほんの少し蛇口をひねり、水流の下に両手を差し入れ碗をつくって顔を浸す。数秒のあいだ、冷水に頬を嚙みつかれる感覚を味わう。濡れた手で髪を梳《す》きたい衝動に駆られるけれど、いま以上に髪の毛が細かい渦を巻くのは避けたいのでぐっとこらえる。ちょうど横、木製の家具の上にベージュのタオルが丁寧に重ねてあったので一枚手に取り、額と頬を拭《ふ》く。正面の鏡に映る顔はくたびれている。かつて誇り高く突き出ていた頬骨は、シャープさを失ってぼやけている。鼻の脇から口角にのびるほうれい線は、いまや顎のほうにまで落ちている。ジョアルはチャームポイントのすきっ歯を眺めて自信を取り戻そうと、無理やり微笑む。するとすぐさま、目尻に小皺が寄る。皺を目にするのが嫌で、笑顔をつくるのを即座にやめる。**あなた、老《ふ》けちゃったね、**と自分自身に言う。ブラウスの上の方のボタンをはずす。手に石鹸をつけて腋の下をぬぐい、タオルで拭く。**カールと話をするのに準備万端整えないと。**彼女はそう自分に言い聞かせる。単に時間稼ぎをしていることを自覚しながら。

蛇口を閉めた瞬間、低くこもった声を耳にする。喘《あえ》ぐような声だ。慌ててバスルームを出る。声の出どころは隣のトイレのようだ。ドアをあけようとするが、鍵《かぎ》がかかっている。声がやむ。ジョアルはドアの外で待つ。また喘ぎ声。そのかすれて押し殺したような声の合間合間に、鋭いうめき声が響いてくる。**クローディアだ、**と彼女は思う。

そしてまずこう考える。**クローディアを相手にしている暇はない。彼女のことは知らないも同然だ。それよりもカールに電話をしなければ。**ジョアルはエティエンヌの仕事部屋まで行き、ドアの取っ手に手をかけたまま立ち止まる。**わたしは機械みたいな冷たい人間になってしまった。あの人たちのせいで、血も涙もない怪物になりはてた。**

ジョアルはトイレの前まで引き返し、ドアをやさしくノックする。

「クローディア、クローディアだよね？　大丈夫？」

喘ぎ声が沈黙に変わる。ジョアルは胸と頰をドアに寄せる。そして自分でも驚いたことに、母が何度となくささやいてくれた言葉を繰り返す。「大丈夫、わたしがそばにいる」ふたたび喘ぎ声がしたあと、ためらいがちな、糸のようにか細い声が返ってくる。ジョアルはその細い糸を手放すまいと決める。

「ジョアル？」

「うん、そう、わたし。わたしにできることがあったら言って」

「お願いしてもいいですか……。わたしの部屋に行って――、部屋はわかります？ワードローブをあけてなんでもいい、ショーツとワンピースを持ってきてくれたら助かります」

痛みにのまれたかのように声が消える。そのあとふたたびうめき声。聞き間違いだろうか。前よりさらに弱々しい声だ。数秒の静寂のあと、クローディアが言う。

「それと、携帯電話もお願い。クローゼットの上にあります」

「わかった」

「ありがとう」

ジョアルは躊躇《ちゅうちょ》したあと、そっとたずねる。

「エティエンヌを呼んでこようか？」

ふたたび静寂。

「いえ、あの人にはなにも言わないで。お願い」

23

クローディアは沈黙する。お腹に手をあてる。ほんの数分前まで彼女を苦しめていた痙攣《けいれん》は、襲ってきたときと同じぐらい唐突に治まった。出血も止まった。黒ずんだ血がついたショーツを脱いで、ごみ箱のなか、キッチンの床を拭いたペーパータオルの上に投げ捨てる。小さな洗面台を支えにして立ちあがると、トイレットペーパーを何枚か濡らし、太腿とふくらはぎのあいだで乾きはじめている血を拭き取る。

目をつむる。知りたくないけれど、知らなければならない。ゆっくりと振り返る。白い琺瑯《ほうろう》の便器のなか、血溜《ちだ》まりの真ん中に肉片が、命の断片が見える。立っているのもやっとなのに、深紅色の残骸《ざんがい》物の真上に座ることはもうできない。壁に寄りかかり、廊下からジョアルの足音が響いてくるのを待つ。ジョアルが戻ってくるのが待ち切れないのと同時に、そのあとに訪れる孤独が怖い。それはちょうど、その夜最後のものになるとわかっている母親からのキスを待ち焦《まこ》がれるのと同時に恐れている子どものような気持ちだ。

クローディアはそこらじゅうで血を目にして動揺している。トイレの水を流すことができない。便器の蓋を下ろし、ごみ箱を閉める。少しずつ静寂が空間を満たし、彼女の踝、膝、腰を凍《こお》らせる。けれどもふたたびジョアルがやってくる。温かみのあるやさしい声が、思いがけない励《はげ》ましを与えてくれる。

「クローディア、必要なものを全部見つけた。ドアをあけてくれる？　それともドアの前に置いたほうがいい？」

「ドアの前に置いてください。ありがとう」クローディアはそう答えたあと不安になる。こんなそっけない受け答えでは、せっかく助けに来てくれた人を追い払ってしまうのではないか。

「ジョアル、十分後にまた来てくれる？」

「もちろん」

足音が遠ざかる。クローディアはそっとドアをあけ、床に置かれた小さな塊を手に取ると、もう一度ドアを閉めて鍵をかける。そして服を脱ぐ。トイレの鏡に映る体に変わったところはなく、それとわかる苦痛の跡もない。まだ微かに丸みを帯びている腹部に目を凝らす。汚れたワンピースはどうすればいいだろう。洗面台で洗う気にはなれない。シンクの側面に血が飛び散り、渦を巻いて排水口に流れていくのを目にしたくはない。結局、丸めてごみ箱に押しこむ。そしてジョアルが選んだショーツとマリンブルーのワンピースを身につける。これでトイレを出て、すぐ近くにある寝室まで行くことができる。見つかる危険はそれほどない。けれども彼女は怖い。ひどく怖い。廊下をうろつく人影と、ドアの背後に潜んでこちらを窺っている自分自身の死が怖い。プラスティックの蓋の下に、自分自身の残骸を捨て置いていくことが怖い。

携帯電話のロックを解除し、連絡先のリストをスクロールする。母に話すのは問題外だ。兄弟姉妹のなかで唯一心を許せる姉のパオラになら電話できるかもしれないが、妊娠したことを伝えていなかった——パオラにそのことで責められるのは億劫《おっくう》だ。疲れすぎていて、なぜ黙っていたか、その理由を説明する適切な言葉が見つかるとは思えない。電話できるごく少数の友人についても同じだ。すると、リストに入れてあったある名前に行きあたった。まるで思いあたらなかった名前に。クローディアは先日産婦人科で診察を受けたあと、オドレイ・エデルマン医師から手渡されたカードに手書きされていた電話番号を携帯電話の連絡先に登録していた。「ここに連絡してね。必要があったら」とエデルマン医師は言った。その言葉を丸ごと信じたくなるような、あのいつもの落ち着いた口調で。今夜だ、とクローディアの心の声が言う。エデルマン医師を必要としているのは、かつてないほど必要としているのは、今夜だ。それでも一方では、八月の晩に実際には他人同然の人にいきなり電話をかけて邪魔をする勇気がはたして自分にあるのだろうか、と考える。それからジョアルのことを、彼女が示してくれた思いがけないやさしさについて考え、そして突然、女性ならではの母性的な気遣《きづか》いを信じようと思う。

「エデルマン先生ですか？」

突然の電話にエデルマン医師が驚いたり、いら立ったりしている気配はない。クローディアが状況を説明し、医師は簡単な言葉で質問する。と同時に、ときどき沈黙していつもの低い鼻歌を口ずさむ。

「診察したほうがいいから病院に来てくれるかしら、クローディア。宿直で産科病棟〈M〉にいます。住んでいるところから病院までそう遠くないわよね？　もっと詳しいことがわからないと、電話では妊娠の予後についてはなんとも言えないの」

けれどもクローディア自身は詳しくわかっている。姉妹たちは産婦人科医の母から患者たちの幸不幸についていろいろ聞かされてきたから、この件に関する知識はじゅうぶんに持ちあわせている。クローディアは詳細に説明する。突然襲ってきた激しい痙攣、そのあと流れ出した血、それも大量に。そして自分の体から痛みとともに排出された切れ切れの小さな塊。そしてついに医師の口から、自分では怖くて言えなかった言葉を引き出す。医師は精いっぱいのやさしさをこめてその言葉を口にする。

「たぶん、流産したんだと思います。お気の毒に」

その言葉を、クローディアは呆然《ぼうぜん》とした気持ちで受け止める。それは幼かった頃、両親を質問責めにし、子どもたちが信じているもの——つまりサンタクロースや〝歯の妖精《ようせい》〟や〝イースターの鐘〟がみな、大人のつくり話にすぎないことをついに白状させたときと同じような気持ちだ。知ってはいたけれど、知りたくなかった。両親にまだ、もう少し夢を見させてほしかった……。

エデルマン医師が続ける。

「とにかく今夜、病院に来てください。出血は止まったということなので、大至急というわけではありません。少し休んで着替えをしてからで大丈夫。ですが、必ず来てください。パートナーの方に付き添ってもらえますね？」

クローディアは黙りこむ。誰にも見られませんようにと祈るような気持ちでキッチンを抜け出したとき、リビングにエティエンヌの筋張ったシルエットが見えた。そしてそのとき、まるで見知らぬ人のように見えるエティエンヌと、自分のなかでいま進行している個人的な悲劇をつなぎあわせるのは不可能なように思われた。エデルマン医師のこの最後の質問は、彼女の耳に不自然に響いた。ジョアルに付き添ってもらうよう言われたほうがまだしっくりきただろう。

「いいえ、だめだと思います」

「わかりました。タクシーは拾えますすね？」

「はい」

「わかりました。じゃあ、今夜はずっとここにいますから。産科病棟の救急受付に来てくださいね」

クローディアは胸の内に悲しみの波が、経験したことのない黒々とした苦悩がせりあがってくるのを感じる。それを察したかのように、エデルマン医師がそっとやさしく言い添える。

「悲しみに襲われるのは当然のことです。残念ながら、わたしにはあなたの赤ちゃんのお世話をすることはもうできなくなってしまったみたいだけれど、クローディア、あなたのお世話は任せてね」

24

ジョアルはエティエンヌの金色の木製のデスクの正面に置かれたアームチェアに座り、目の前にあるランプの真鍮《しんちゅう》製のチェーンを引く。オパール色のシェードから緑の光が発散され、デスクを占領している書類の山と壁面を覆う蔵書を照らし出す。指先で革のデスクパッドをとんとんと叩く。耳の奥ではまだクローディアのうめき声が響いている。

携帯電話をデスクに置く。すぐにはカールに電話をかけられそうにない。まず母親に連絡することにしよう。日中ずっと電話を折り返すことを先送りにしてきた。いつもの愚痴《ぐち》を聞きたくなかったから──「めったに会いにも来ないで」、「わたしたちのことが恥ずかしいんでしょ」。そしてもちろんあの愚痴も──「孫の顔が見たかったのに」。

「ジョアル?」

溺れかけている女性が叫んでいるような声。母は最後の空気を吸いこむようにして娘の名前を口にした。そんな声を耳にするのは初めてだ。けれどもすぐにぴんときた。世界じゅう場所を問わず、これは凶報を知らせる声にほかならない。

「ジョアル、お父さんが死んだ」

永遠にも感じられる数秒のあいだジョアルの頭を占めていたのは、答えを知るのが怖いたったひとつの疑問だった。**お父さんって、どっちのお父さん？　わたしの？　それともお母さんの？**　どっちつかずの緊張のなか、彼女は口をつぐむ。

この宣言は厳粛なものだからすべての言語で通訳しなければならないとでも言うように、母親が同じ一文を繰り返す。ただし今度はアラビア語で。「アビー・マート」

お母さんはいま「アビー」、つまり「わたしのお父さん」って言った。ジョアルは心のなかでつぶやく。そして不謹慎な笑いを押し殺す。ということはわたしの、わたし自身のお父さんは死んでいない、また会える。今晩でもすぐに、その気にさえなれば、お父さんのごわごわの頬にキスをして、上っ張りについている小麦粉をそっと息で吹き飛ばし、何気ない会話を交わすことができる。失った歳月について謝ることすらできる。

「ジョアル……」

母は裏声《ファルセット》で話すのでその声は若く、いまや白髪まじりとなった髪とは対照的だ。けれども今夜、声はもはや若い女性のものではなく、か弱い女の子のものになっている。「あなたに電話しても、もうつかまらないかと思ってた。わたしにはもう、連絡したくないのかと」

　ジョアルは大きな塊に喉をふさがれて苦しくなる。それは嗚咽《おえつ》の爆弾だ。爆弾が炸裂しないように指先で押さえつける。自分自身に怒りを覚える。困難に直面すると母はいつも、わたしがそばにいるから大丈夫、と励ましてくれた。そんな母に自分はさらなる苦しみを与えてしまった。胸のなかで口にするべき答えがゆっくりと形づくられていき、次の瞬間、ジョアルは自分が発する言葉を耳にする。それは母の傷を癒《いや》そうとする、月並みだけれど真心のこもった言葉だ。

「ごめんなさい、お母さん。つらいよね。お祖父《じい》ちゃんのそばにいてあげられたらよかったよね。わたしももう一度、お祖父ちゃんに会いたかった」

　ジョアルは祖父が何歳だったか計算し、二十年近く祖父と会っていないことに気づく。会いに行く暇がなかったし、会いに行きたいとも思わなかったからだ。思い出にある祖父は、棒のようにやせた男性で、祖父が話す言語を彼女は解さず、心にある面《おも》影《かげ》は、年を重ねた高齢の老人のイメージと一致しない。母からときどき祖父の近況は伝え聞いていた。だから、癌《がん》を患《わずら》ったが進行は遅いといったことは知っていた。けれどもフランスとチュニジアを隔てる距離と歳月のせいで、祖父は実体のない抽象的な存在に変わっていた。それが死によって、不思議なことにその存在に血肉が与えられたような気がする。その死が、チュニスで夜、屋外でおしゃべりに興じていた大人たちのそばでまどろんでいたときに額を撫でてくれた祖父の手をよみがえらせる。祖父の手は、そのとき寝そべっていたウールの絨毯と同じくらいざらついていた。

「あさって埋葬される。あっちではすぐなのよ。なにしろあの暑さだから」

母はそう言うと、小声で言い足す。

「来られる？」

ジョアルの心は一瞬、電話の向こうでささやくグレーヘアの少女と白いお馴染《なじ》みの亜麻布のズボンを穿いている老人のもとを離れ、カールのもとに舞い戻る。カールはたぶん、数分前の母と同じくらいやきもきしながらこちらからの電話を待っているだろう。配下の兵士からの確約が欲しくてうずうずしているはずだ。兵士からの、「あなたがすでに敷いてくださったレールを進みます。そうすることで、あなたが人生を捧《ささ》げてきた大勝負をこのわたしが引き継ぎます」といった言葉を聞きたくてじりじりしているはずだ。怒りの発作の合間に、こう考えているに違いない――長年の夢を実現させてやるこんな美味しい話に飛びつかないとは、いったいどういう了見だ？　**いい質問ね、**とジョアルはひとりごちる。そして初めて目が眩むほど明快に、答えが浮かびあがってくる。**こんな美味しい話に飛びつかないのは、そんなこと、もう望んでないからよ。**

そして突如、母の懇願《こんがん》のなかに未来を約束する微かなささやきを聞く。愛に満ちた母の懇願のなかに、母がいつも自分にもたらしてくれたものを見いだす。それはなにがあっても揺るがない、自分自身を信じる気持ちだ。

「もちろん。埋葬にはわたしも行く。一緒に行こう、お母さん」

それからゆっくりと付け加える。自分が口にしている言葉に現実を変える圧倒的な力がそなわっていることを知っている人ならではの、厳かな調子で。

「数週間、向こうに滞在しようと思う。仕事を少し休もうって、ちょうど決めたところだったの。お母さんさえよければ、チュジニアで一緒に過ごそう」

25

クローディアはトイレの鏡に映る青白い顔の女性を見つめながら、静かにその女性に言い渡す。「もうおしまい」向きあう顔は無表情のままで、瞳は乾いている。言葉がつかのま反響し、そのあと意味を失って消える。「もうおしまい」クローディアはもう一度そう口にしながら、妊娠がエティエンヌとの関係に新たな息吹を与えてくれるだろう、新しい存在が、急激に色褪《いろあ》せてしまった自分たちの関係にふたたび豊かな彩りを授けてくれるだろうと夢見ていたことを思い出す。エティエンヌは赤ちゃんができたことを知ったら喜んだはずだ。子どもが欲しいという思いは、本心からのものに見えたから。たぶんわたしを別の目で、未来の母親を眺めるような目で見るようになり、ふたりで築きはじめていた家族というものに関心を向けるようにさえなったのではないか。たぶん。自分はもう一度エティエンヌに愛されるチャンスを、あるいは初めてエティエンヌに愛されるチャンスを失ったのだ、とクローディアは思う。けれども、彼女の瞳はあくまで乾いている。

「もうおしまい」クローディアはそう繰り返しながら今度は、母親になることで新たな地位を、この世界で明確に定められている居場所を獲得するのだと考えていたことを思い出す。いまの自分は曖昧だ。多すぎる兄弟姉妹のひとりで、医師になろうと奮起することもなかった運動療法士で、日々の暮らしの世話をしてもらうためにエティエンヌが選んだ控えめな伴侶。たとえ質問されても誰もこちらの答えには本気で耳を傾けず、レミが話しかけるのは礼儀や面白半分の興味からだけで、ジョアルがいかに大きな責任を担っているかほんの少し話題にのぼるだけで気後れがして体が固まってしまう。こんなわたしでも、もう少しで母親になれたのに。この世界でその役割を疑問視されることのないあれらの女性たちのひとりになれたのに。疑問の目が向けられないのは、母親とは子どもを守り、育てるためにいるからだ。わたしがそのカテゴリーに入ることはない。少なくとも当面は。わたしはまだしばらくわたしのままでいなければならない。わたしという存在の居心地の悪い枠のなかに留まり、わたしという存在のくたびれはてる不合理に立ち向かわなければならない。けれどもそんな考えが浮かんでも、クローディアはそれほど悲しさを感じない。自分はこんなものだと、もうずっと前からあきらめ切っているかのように。

思考はあくまで彼女を中心にして惨《みじ》めにぐるぐるとまわっている。クローディアは身勝手きわまりない自分を嫌悪し、自分自身を傷つけたくなる。ますます痛めつけたくなる。そしてみずからに唾《つば》を吐《は》くように言う。「あなたはたぶん、心の底ではこれを望んでさえいたんでしょ、赤ちゃんを失うことを」

赤ちゃん。この言葉を口にしたのはエデルマン医師だ。「あなたの赤ちゃんのお世話はもうできない」あの産婦人科医はそう言った。そしてクローディアは自分が〝赤ちゃん〟という言葉を使ったことに驚く。そしてこの数週間、ずっと自分のことばかり考えてきたことに、自分のなかで育ちつつあったこのもうひとつの存在について一度もきちんと考えなかったことに気づく。

〝あなたの赤ちゃん〟――不思議なことに、目の前に立ちあらわれたイメージは新生児ではなく、乳児ですらなく、幼子《おさなご》、おそらく二歳か三歳の女の子だ。それは数年前、姉のパオラと過ごした最後の夏に目にした光景から来たものだった。クローディアとパオラは、もう青春期は卒業したけれどもまだ大人になりきっていない年頃によくある高揚感に突き動かされ、フェリーとスクーターを乗り継いで、まどろみのなかにいるような地中海の島々をめぐった。ヴァカンスの終わりが近づいていた。クローディアはその日、砂浜で読書をしていた。太陽の容赦ない攻撃がやさしい愛撫《あいぶ》に変わる時間帯だった。周囲では夕暮れの色彩が層をなし、詩情豊かに重なりあっていた。彼女は本に集中することができなかった。その証拠に本のタイトルは、記憶にあるこの細密画のなかで唯一欠けているディテールだ。クローディアは暖かい砂が足の指を伝い落ちる感触を楽しみ、砂浜からどんどんまばらになっていく観光客のグループを観察し、ひたひたと打ち寄せる波に心地よく揺られていた。すぐ近くで、日焼けした女の子が砂浜にうずくまって遊んでいた。だがあるとき、その子が不意に立ちあがり、数メートル離れたところに置かれたデッキチェアに寝そべって子どもを見守っていた母親のところまで行き、急にどっと疲れに襲われたかのようにその腹の上に体を投げ出した。そしてすぐさま寝入った。母の胸の谷間に半ばうずもれた顔を褐色の乱れた巻き毛が覆い、四肢は島の漁師が天日干しにしているタコの触手のように、だらりと垂れ落ちて揺れていた。息は荒く、ほとんどいびきをかいているように思えるほどで、クローディアの頭のなかには、母親の胸に押しつけた唇を半開きにして呼吸している女の子の顔が浮かんだ。ついさっきまで元気いっぱいに動いていた小さな体が、母親の肌に触れた途端にすっかり脱力してしまうというコントラストが強烈だった。誇らしげに反《そ》り返《かえ》っていた体、無言の独立宣言のように胸をぴんと突き出していた体は、柔らかな曲線の連なりに変わっていた。母親はひよこを思わせる産毛《うぶげ》が生《は》えた女の子の背中を機械的に撫で、塩と汗でもつれた巻き毛を指でそっと梳《す》いている。その様子を眺めているあいだ、この母子画から発せられるやさしさと絶対的な信頼がクローディアの心を満たしていた。

わたしの赤ちゃん。クローディアはつぶやく。すると自分の体にすがりついていた柔らかな体を引《ひ》き剝《は》がされたかのような、お腹のなかにぽっかり大きな穴があいてしまったかのような感覚に襲われる。**わたしの赤ちゃん**。クローディアはふたたび繰り返す。その瞬間、もう何年も前から押し殺してきたように思える嗚咽が喉の奥に通り道を見いだし、いまや猛然と迸り出る。その荒々しい叫びを封じこめようと、手を嚙む。もちろん、子どもを失いたくなかった。子どもを受け入れるための柔らかな繭はすでに用意してあった。いま、その子が残していった喪失感が、彼女を悲しみに突き落としている。

けれどもクローディアは、涙のなかに悲しみ以外の感情もまじっていることに気づく。それは欲望、激しい願望だ。クローディアの全身が愛を求めていた。愛を求めて叫びたがっていた。母親として、女性として、愛したい。大切な人の腕のなかで、マノンのように頭がおかしくなりそうなほど愛したい。砂浜のあの女性のように、塩と汗でべたつくわが子の温かい体を胸に抱きしめたい……。

26

「妻たちはぼくらのもとから逃げ出したみたいだな……」レミはつぶやく。

「ああ、そのようだ。いったいなにをしてるんだか。よかったら先に食べてろよ。クローディアがつくるデザートはいつだって最高だ」

レミはチョコレートムースをスプーンですくってせっせと口に運ぶ。ムースはとろりと柔らかい。チョコレート色に染まった唇をニッと横に引きのばし、顔に満ち足りた笑みを浮かべる。

「エネルギーを蓄えようとするおまえの方向性は間違ってない。じきに必要になるだろうから」エティエンヌが言う。

「どういう意味だ？」

「ジョアルは企業のトップに立つ。たやすいことじゃないだろう。彼女にとっても、おまえにとっても」

「ぼくはな、もうずいぶん前にジョアルの仕事についてやきもきするのはやめてるんだ。あの会社で働く彼女は、いまや水を得た魚そのものだ。あいつは仕事の隅々《すみずみ》まで知りつくしているし、スタッフのそれぞれについても把握済みだ。あそこでまだ元気よく泳ぎまわっていることが不思議なくらいさ。ぼくからすれば、同じことを繰り返してる気がするんだが……」

「わかってないようだな。いいか、大手優良企業の経営者になるんだぞ」

レミは友人の声のなかに軽蔑《けいべつ》の響きがあることに驚いて黙りこむ。ほんの数分前まで、彼らはそれぞれの伴侶が姿を消したのをいいことに、男ふたりで学生時代の楽しい思い出話にふけっていた。だが、一緒にいろいろ悪さをしてきた旧友は姿を消し、いま目の前にいるのは、しがない教師に教えを授けようとしている傲慢な弁護士だった。

「いや、よくわかってるつもりだよ」レミは反撃する。「ジョアルによく、会社のなかで起きていることを聞かされてるからね。知ったら幻滅するぞ。そこらじゅうで足の引っ張りあいばかりだから。ご大層に〝戦略〟などと銘打ってるものにしたって、エゴを満足させるためのものにすぎない。ジョアルの強みは、こうした茶番を完璧に演じられるってことだ。これが茶番だと、いつもきちんと自覚したうえで」

「これからはもう、企業内部の茶番では済まなくなる。ジョアルは責任を負う唯一の人間になるんだから。クライアントに対して、そしてなによりマーケットに対して」

「彼女は慣れてるさ。すでにもうずっと前から経営幹部だったんだから。それにちゃんと理解してる。個人の評価は、純粋に業績だけで決まるものではないってことを……」

「ナンバーワンになると話は違う。あらゆる方面から妬《ねた》まれ、攻撃を受ける。彼女は企業の顔としてつねに矢面に立つことになる。おまえたちが顔を合わせる時間もなくなるぞ、レミ。ジョアルはもうおまえにかまっていられなくなる。彼女は孤独そのものになる。で、おまえのほうは彼女をそばで支えることができなくなる」

エティエンヌはいったいなにが言いたいんだ？　レミは首を傾げ、議論しても無駄だと考える。先刻の話題に戻り、法学の学士号を手にした若き日の自分たちが女の子をナンパしようと陣取ったユシェット通りにあるバーの潑溂とした思い出に浸りたいと思う。女子高生《リセエンヌ》たちの張りのあるふくらはぎを貪《むさぼ》るように見つめていたあのときの欲望をよみがえらせたいと願う。けれどももう、手遅れだ。

エティエンヌはデザートに手をつけず、スプーンの柄でそわそわとテーブルを叩いている。レミは友人の食いしばった顎を観察する。唇がこわばって皺を刻んでいる。どうやらジョアルは正式に任命されてもいないうちからすでに、妬みを買ってしまったようだ。それでもレミは怪訝に思う。今夜のエティエンヌはなぜこんなにピリピリしてるんだ？　ジョアルの昇進のニュースは彼にとっても朗報であるはずだ。仕事の便宜を図ってもらいやすくなる。そもそもこの夕食会を開いたのも、それが目的ではなかったか。エティエンヌの話では仕事で行き詰まっているとのことだった。勤務先の弁護士事務所のアソシエたちからのプレッシャーが強まっているらしく、その話しぶりからすると、彼は状況が悪いほうに転がってしまうのではないかと本気で懸念しているようだった。けれども、エティエンヌの足元は揺るがないとレミにはわかっている。なにしろパリのビジネス界を熟知した父親の足跡をそのままたどっているのだから。一時的な不振のせいで勤務先の事務所でたとえ窓際に追いやられたとしても、家名を口にするだけですぐにほかのところでポストを見つけるはずだ。それにエティエンヌは金に困っていない。両親から贈与された複数のアパルトマンの家賃収入だけで暮らしていけるだろう。おそらく退屈しすぎているせいで、困難な状況をわざわざみずから招いているのだ。すでに敷かれたレールを進むだけの単調な人生を打破したいのだ。レミはエティエンヌに問い質《ただ》したくてたまらない。おまえはなぜ、親の言いなりの人生のなかで唯一、みずからの意思で自分自身に許した奔放さを失ってしまったのだ？　なぜ女たらしの独身貴族の暮らしを捨て、おまえを死ぬほど退屈させているように見えるあの女性と身を固めたのだ？　けれどもそんな疑問が浮かんだ瞬間、父親になるというエティエンヌの計画を思い出して胸がえぐられ、口をつぐむ。

どうやらあいつの険のある態度がこっちに伝染したみたいだな、とレミは思う。それというのも、エティエンヌが老いていく姿を想像して薄暗い喜びを感じているからだ。エティエンヌの顔に魅力を与えているその筋張った輪郭は年月とともにギスギスした感じになり、頬はこけ、乾いた小さな目はくぼんだ眼窩《がんか》のなかに沈んでしまうだろう。二十年以上前に初めて会ったとき、レミはエティエンヌの微笑みに魅了された。あのときの潑溂とした人たらしのインテリ青年を思い出しながらレミは、こいつは欲求不満を募《つの》らせた寂しい人物になりはてるのかもな、と考える。狭すぎる鋳型に、自分自身を無理やり押しこもうとしたせいで。

レミはふたたびスプーンを手にしてチョコレートムースを食べはじめる。糖分が気持ちをほぐしてくれる。心持ち気の毒な思いで、心持ち怒りを抑えて、エティエンヌを眺める。こいつのプライドがこれほど高くなくて、人のアドバイスに素直に耳を傾けられる性格だったなら、こう忠告してやるんだが——とりあえず自分の見てくれに対するこだわりは捨てろ、仕事の出来不出来に一喜一憂するな、そんなものはどうせすぐに忘れる、そしてクローディアと一緒にばかみたいに閉じこもっているこの牢獄《ろうごく》から逃げ出せ。そこまで考えてレミは自分が先刻、エティエンヌがクローディアを檻《おり》のなかに閉じこめたと結論づけていたことを思い出す。どうやらこの見立ては間違っていたようだ。エティエンヌとクローディアは、ふたりで一緒に同じ檻のなかに入っているのだ。レミはマノンと出会えた幸運をしみじみと噛みしめる。マノンと一緒にいることで、自分の全存在が別の存在に吸いこまれていくような感覚を、相手の心と体を隅々まで知りたいという欲望にのみこまれるような感覚をふたたび味わうことができたのだから。いまこの瞬間にもマノンの腕のぬくもりに逃げこみたい、彼女が奏でる言葉の音楽にあやされたい、とレミは思う。

「ちょっと電話をかけてくる」彼はエティエンヌに告げる。「どうやらいまは全員にとって休戦タイムみたいだから」

「電話をかけるって、誰に？」

レミはリビングを見やる。

「マノンに」

「きみのうら若き女教師にか？　いま？　ってことは、本気なんだな」

友人の言葉の響きのなかにあるものが皮肉なのか羨望なのか、レミには判断がつかない。

「そうかもな。どんどんそうなってる」

「ぼくが若い子に興味を失ったのとときを同じくして、おまえのほうは若い子と遊びはじめてるってわけか」

レミは、マノンはクローディアとそれほど歳《とし》が変わらない、と言い返そうとしたが、エティエンヌが続ける。

「危険すぎるな。彼女たちといると確かに若返った気がする。だがそれもある日、彼女たちの手で自分が愚かな老人に変えられたと気づくまでのことだ」

「おまえを愚かな老人に変えたのは、子どもを持って家庭を築きたいというおまえの唐突な願望じゃないのか？」

「やめろよ。この期に及んでまだ二十歳《はたち》の女の子を相手にしつづけろってか？　そんなのは世の道理に反するね」

「別に二十歳の女の子と付き合えとは言ってない」レミは反論するが、エティエンヌはレミの言葉を無視して続ける。

「正直、心が惹かれないわけじゃない。事務所に新しい研修生の女の子がいてね。見せたいよ。大人っぽく装おうとしてるんだが、毛穴という毛穴から若さを発散させている。着ているのはグレーの服ばかりだが、近づくと綿菓子に埋もれるような感じがするはずだ。肌なんて、どこもかしこもピンク色でさ。名前はレアだったかな……」

レミは立ちあがり、あとずさりしながら遠ざかる。綿菓子のようなレアに思いを馳《は》せているエティエンヌを置き去りにして。

27

ジョアルは廊下に出て書斎のドアをそっと閉めると、トイレに近づく。音はしない。軽く三回ノックする。返事なし。

「クローディア?」ささやくように呼びかける。

取っ手にじわじわと力をかけてドアを押しあける。なかは暗くて誰もいない。寝室のほうから人の気配がしたような気がして、廊下を進む。足の下で寄せ木の床が軋んだのでとっさにパンプスを脱ぎ、裸足《はだし》になる。正面に大きな写真が飾ってある。前に通ったときには気づかなかった写真だ。窓越しに撮影されたのだろう、縁枠が写りこんでいる。廊下の薄暗がりのなかでジョアルは一瞬、通りに面した本当の窓があるのかと錯覚した。思わず足を止める。窓の向こうに広がっているのは打ち棄てられた庭だろうか。そう言えばさっきエティエンヌとバルコニーにいたとき、ここから空に飛び立てたらいいのに、と思ったんだった……。そこまで考えた彼女は、自分が母に電話をかけたことを、そしてついさっき、まだ現実味のない決断を下したことを思い出す。

　わずかにあいた寝室のドアの隙間を覗くと、クローディアがハンドバッグに私物を詰めているのが見える。戻ってきたことを知らせるために再度ドアをノックする。途端にクローディアの瞳に怯えの色が浮かぶが、目が合った瞬間に消え去る。ジョアルは寝室に入り、ベッドに腰かける。足裏にウールのカーペットの柔らかさを感じる。

「戻ってきてくれたのね、ありがとう」

「あたりまえのことよ。なにしてるの？」

　ジョアルにはクローディアの身に起こった出来事を言葉にする必要はない。ふたりが分かちあう秘密に、もう言葉は要らない。秘密は新たに生まれた親密さのなかに含まれていて、ふたりはその親密さを通じて語りあう。

「病院に行かなきゃならないの」

　ジョアルは、クローディアの声が悲しみのヴェールに覆われていることに気がつく。けれども同時に、そこに新しい響き、つまりこれまでジョアルが感じることのなかった力強さが含まれていることも感じ取る。

「エティエンヌに付き添ってもらうの？」そうたずねたものの、答えはすでにわかっている。

「いえ」

「じゃあ、わたしが一緒に行く」

「ううん、大丈夫。タクシーを拾うから」

「でも、わたしが付き添ったほうがいいんじゃない？」

「ううん、本当に大丈夫。ほんとよ、絶対。具合はよくなったから。それより……」

「それよりなに？　言ってちょうだい、わたしになにができる？」

ジョアルはクローディアにやさしく微笑む。

「クローディア、わたしはあなたがなにをするつもりなのか知らない。でも、あなたならきっとできる。わたしはあなたを助けたい。わたしにできることがあれば、言って」

「注意を逸《そ》らしてほしい。こっそりここを出ていけるように。ふたりに見られずに」

「わかった」

ジョアルは立ちあがる。「五分、待ってくれる？　もう一本だけ電話をかけたら、あなたがここを出ていくのに協力する」

「ありがとう、どうぞ電話してきて。どのみち荷物を詰めるのにまだ時間がかかるから」

「また戻ってくる」

ジョアルは廊下に出てふたたびエティエンヌの書斎に入る。そして考える。わたしがクローディアのなかに新たな力が生まれ出ているのを感じているのと同じように、クローディアもわたしのなかに芽生《めば》えた新たな力に気づいているのだろうか。ジョアルは床をしっかり踏みしめ、革張りのアームチェアにぐっと背中を預けると、携帯電話を取り出す。

28

レミはリビングのアームチェアの背もたれにかけてあったジャケットを手にして羽《は》織《お》った瞬間、ポケットに携帯電話の心強い重みを感じる。

踏み台を跨《また》いでバルコニーに出る。するとたちまち地上十五メートルからの眺めに胸が苦しくなる。隣にエティエンヌがいた先刻とは違い、目が眩んで恐怖に襲われる。向かいの窓から自分自身を、つまり深淵《しんえん》の縁に張り出した狭い石の出っ張りに愚かしくも立つ男を観察しているような錯覚にとらわれる。錬鉄の手すりに描かれたアラベスク模様に目をやると、今度は催眠的な踊りにいざなわれ、虚空へ引っ張り出されそうな気がする。あちこちに置いてあるラベンダーの鉢につまずきそうになる。彼は頼りになる窓枠に肩を寄せ、折りたたまれている金属製の鎧戸をつかみ、前方をしっかりと見据える。

とにかくこの高所恐怖症に打ち勝たなければならない。ほかに落ち着いてマノンに電話できる場所はないのだから。レミは、**おい、エティエンヌ、会食者たちはみんな**

おまえを避けてるぞ、と心のなかで呼びかける。だがその直後、ジョアルとクローディアはふたりして廊下に消えた、とささやく声がするりとレミの頭に忍びこんでくる。**いま頃ふたりで会話を交わしているはずだ。で、あのふたりのあいだにいったいどんな共通の話題があるんだ、マノンとおれのこと以外に？**　レミはその疑問をなんとか脇に押しやると、「若い娘」にまつわるエティエンヌの見解について考える。つまりエティエンヌはマノンとの関係をあのたぐいのものだと見なしてるのだ。そしてたぶん自分たちの関係は、四十男が老いへの恐怖から若い娘の腕のなかに逃げこんだ、というごくありふれたストーリーとして片付けられてしまうのだろう。

　もちろん、マノンの若さ、張りのあるみずみずしい頬、世界を見つめる彼女の純真なまなざしのなかにレミの心を揺さぶるなにかがあるのは確かだ。レミは夏の初めにセーヌ河岸を一緒に散歩したときのことを思い出す。岸辺はその日、夏の到来を告げる陽光を楽しもうと押し寄せた若者たちでごった返していた。粋《いき》なファッションを楽しむパリっ子の群れのなかにいるマノンは、使い古してくたびれた小さな革のバッグと地味なラインの色褪せたジーンズのせいで周囲から浮いていた。レミはマノンの興奮したまなざしを通じて、パリの街の美しさに改めて気がついた。

「わたし、パリに住む人たちが自分たちの街は自分たちだけのものだと思ってる考え方が好き」とマノンは言った。「つまりパリジャンのひとりひとりがパリを、自分だけ、、、、のものだって考えてるってこと。パリはコスモポリタンな街だって自慢はするけれど、どんなカフェのウェイターだって店の前でタバコを吸いながら、道行く人にこう呼びかけてる気がする。〝おい、きみ、きみはいま、人の縄張りに入りこんでいるんだぜ〟って」

彼女は石畳につまずき、レミにしがみついて笑い声をあげた。レミはその瞬間を長引かせ、肌に触れているマノンの腕の柔らかさ、彼女の体のぬくもりを味わった。マノンの体は少しばかり丸みを帯びすぎていたが、レミとは違い、そうしたことをまったく気にしていないようだった。

マノンはあるがままの自分を愛している。パリにいて自分がよそ者だと感じているが、そのことを隠そうとはしない。自分が完璧ではないとわかっているが、自分の体を隅から隅まで受け入れている。そう考えながらレミは、田舎からパリに出てきた若かりし頃の自分を思い出す。パリのブルジョワのルールをなるべく早く身につけようと焦り、新しくできた友人たちに冷笑されそうな自分の出身階級ならではのささやかな特徴をひとつ残らず消し去ろうと躍起になっていた自分を。

犬の鋭い吠《ほ》え声が、レミのまなざしを通りへと引きつける。すると途端に道路が目の前に迫ってきて、顔のまわりで旋回する。レミはジャケットのポケットのなかにある携帯電話を握りしめる。このポケットのなかにマノンからのメッセージが入っている。このポケットのなかでマノンが支えてくれている。自分とマノンの未来がクローディアに左右されてしまうことなど、ゆめゆめあってはならない。そもそもジョアルにだって左右されたくはない。レミはジョアルに対してまだ慈愛と友情をふんだんに抱いていて、自分の裏切り行為に彼女が傷つくことを恐れている。けれども同時に断言できる。この数ヵ月のあいだ、いや、この数年のあいだふたりで送ってきたあの潤いのない乾き切った共同生活は、彼女にとっても自分にとってもひどく寂しいものだったと。

ポケットから携帯電話を取り出した瞬間、レミは首筋で血管が激しく脈打つのを感じる。視線がプラタナスの切れこみのある葉から、光を放っている携帯電話の画面のほうへゆっくりと落ちていく。

《**頭がおかしくなりそうなほど愛してる**》マノンはそう書いていた。

わかった、とレミはつぶやく。**じゃあ、一緒におかしくなろう**。

発信音。そのあとすぐにマノンの声。

「迷惑だったよね。怒ってる？　ごめんなさい、レミ。わたし、どうかしてた。携帯にはもうメッセージを送らないようにって言われてたのに。とくにあなたが奥さんと一緒のときには。なのに、わたしったら、ときどきどうにもできなくなる。なんで別れてくれないんだろうって、別れてくれたら、わたしたち……」

「落ち着くんだ、マノン。待ってくれ……」

「待ってくれって言われても、わたし、いったいなにを待てばいいの？」

「ぼくもきみと一緒にいたい。ずっと一緒にいたいんだ。ジョアルに話すよ、今夜」

29

「こんばんは、ジョアル」

カールの魅力的だが高圧的でもある声が響いてくる。

「カール」ジョアルはゆっくりと切り出す。「電話をかけるのに少し遅れてしまってすみません」

「大丈夫だ。わかっているとは思うが、このところ会社のことが頭から離れなくてね、昼夜を問わずずっと。それよりどうだ、存分に検討してもらえただろうか？」

「はい」

「旦那さんとも話しあったのか？」

「はい」

一瞬の間のあと、ジョアルは続ける。

「カール、こちらからのお返事はあなたを喜ばせるものではありません。ですが、十二分に考えたすえの回答です。そして最終的なものです」

電話の向こう側の沈黙が、冷たく金属的なものに変わる。

「カール、ご提示いただいたポストは辞退します。そんな気持ちになれないんです。もうその情熱がありません。ですので、そんな人間がトップに立つのは、会社にとってもわたしにとってもいいことではありません」

「もう情熱がないだと？」

冷ややかな声が、ジョアルの耳の後ろを這って首筋に滑り落ちてくる。

「はい。ほかにやりたいことがあって」

「いったいなにをたくらんでるんだ？ ほかから引きあいが来ているのか——そういうことか？」

「いえ、違います。やりたいことというのは、仕事には関係のないことです」

「じゃあ、なんだ？」

カールはいっとき口をつぐむと、ふたたびたずねる。

「ジョアル、きみはいったいいくつになった？」

どう考えても、子どもを持つには遅すぎる年齢になりました。ジョアルは心のなかで応じる。そして皮肉を理解しなかったふりをしてカールの失礼な言葉に目をつぶり、説明を試みる。

「あの、いいでしょうか、カール。オリクスはわたしに多岐にわたる仕事と実にさまざまなレベルの責任を経験する機会を与えてくれました。と同時に、自慢でもなんでもなく、わたしは会社の成長と変革に多大な貢献を果たしたと自負できると思っています。けれどもいまは……」

「下手な言いわけは無用だ。きみならもう少しまともなことを言えると思っていたが。ということは、きみはあのポストを本心から断ってるんだな。というのも、これがなにかを引き出すための戦術だとしたら、わたしには巧妙すぎて通用しないからね」

「本心からお断りしています」

「その選択がどんな結果を招くかは承知してるんだろうな？」

カールは怒りで息を詰まらせるようにしてたずねると、答えを待たずに続ける。

「いや、承知してるはずがない。きみは会社への愛を口にしているが、その愛する会社を苦境に立たせていることを自覚してるのかね？　そして、このわたしをも」

侮辱したあと、今度は同情を引くつもりか、とジョアルは思う。**こんなお粗末《そまつ》な戦術しか思いつけないくせに、わたしのありもしない戦術を皮肉るなんて、いったいなにさまのつもりなんだろう。**

「よくご存じのはずです、わたしがオリクスにとって必要不可欠な人材というわけではないことを。それはあなたから最初に学んだ教えのひとつです。あなたは、会社では取り替えの利かない人などひとりもいないと教えてくださいました。そしてそのことを何年にもわたって実地で証明してきましたよね。あなたとわたしとで」

「きみの目論見《もくろみ》はわからんが、思い出してほしいのは、きみがどんな計画を温めていようと、わたしにはそれを潰すだけの力があるということだ。教えその一を心に刻んでいるのなら、教えその二も憶えているはずだ。なんであれ、わたしは人に拒まれるのをよしとしない人間だということを」

今度は脅しだ。ジョアルはカールの言葉を締め出そうとするように目をつむる。けれどもそれは耳の奥で鳴り響きつづける。カールが憤怒《ふんぬ》を吐《は》き出《だ》す。恐慌をきたしてわめく。やがて怒りを爆発させることに疲れたのか、静かになる。

「じゃあ、翻意するつもりはないんだな？」

「はい」

「なるほど。では、パルカルがきみの退職の手続きを担当する」

「わかりました」

「言わずもがなだが、きみとのこの会話もわたしからのオファーも、存在しなかったということで、いいな」

「はい。その点についてはご安心ください」

カールが電話を切る。ジョアルはいっとき考えこみ、カールに伝えようとしていた言葉を思い返す。それは激励と感謝の言葉であり、一緒に成し遂げてきたことの思い出を互いの胸に刻むための言葉だった。結局のところ、自分はまだまだお人好しのあまちゃんだったのだ。

ジョアルはカールのきつい言葉から立ち直れないまま、少しずつ体の緊張を解く。腕にふたたび血液が流れ出すのを感じながら、指の関節が色を取り戻すのを眺める。彼女は幾ばくかダメージを受けた。でも力はまだある。力はまだ、彼女のなかで脈打っている。

30

廊下はいまや暗闇に沈んでいる。ジョアルは寝室までの数メートルを手探りで進む。

「クローディア？　こっちの用事は済んだ。で、どうすればいい？」

ジョアルはクローディアを深い夢から引きずり出しているような感覚に襲われる。

クローディアは足元に置いていた大きな旅行かばんを持ちあげ、ストラップを肩にかける。

「あなたが出ていくあいだ、あのふたりの注意を逸らして欲しいって言ってたよね。まだそう望んでる？」

ジョアルの問いにクローディアが無言のままうなずく。

「わかった。じゃあ、まずわたしがリビングに戻る。そしてふたりをキッチンに誘導する。そのあと、ちょっとのあいだふたりの気を揉ませるようなことを言う。それでいい？」

ジョアルは、もうそれ以上なにも言わずに黙ったままクローディアと一緒に廊下に出る。数メートル先でクローディアは重い防犯ドアの向こう側に消えることになる。と同時に、おそらくジョアルの人生からも。ジョアルはクローディアに、あなたはついさっき、わたしの人生にそうとは知らずに決定的な役割を果たしたのだ、と伝えたい。と同時に、どんな道であれ、自分自身の道を進もうとする彼女に励ましの言葉をかけたいと思う。けれども、相手の腕にそっと手を添えるだけに留める。

ジョアルが決然とした、それでいて静かな一歩を踏み出すと、クローディアは廊下の暗闇に守られながらダイニングに視線を向け、しんと静まり返ったなかひとりでテーブルについているエティエンヌの大きな背中を見つめる。そして考える。**わたしは今夜、自分の人生を耐え忍ぶのはやめようと決めた。今夜、人生に立ち向かおうと誓った。**

彼女は小さな声で呼びかける。「ジョアル」

ジョアルが驚いて振り返る。「なに?」

「あの人に話そうと思う。リビングでただ座ってて欲しい、お願い」

ふたりの会話を聞きつけたのだろう、エティエンヌが振り返り、なにごとだと問うような目でクローディアを見る。クローディアは玄関まで行ってわずかにドアをあけると、取っ手に手をかけたままエティエンヌがやってくるのを待つ。近づいてくるエティエンヌの形のよい唇が、困惑したようにゆがむ。彼は垂れ落ちた前髪を大きな手でかきあげ、しかめた眉をさらにほんの少しあらわにする。そのあいだクローディアは、少し前にとらわれた愛への激しい欲望を拠りどころにする。そして決意を新たにする。やってきたことを喜ぶ間もなく去ってしまった小さな命を思う。**あの命はわたしの人生の物語、わたしひとりの物語に属している。あの命はまだわたしの体のなかに刻まれている。そしてある意味、そこにずっと留まりつづけるだろう。**彼女はエティエンヌに子どものことは話すまいと決める。

「クローディア、どうしたんだ、なんの騒ぎだ？　荷物を持ってどこに行くつもりだ？」

そうたずねながらエティエンヌが、玄関のドアとクローディアのあいだに体を割りこませてくる。

わたしはこれまで別れを経験したことがない、とクローディアは考える。**だから別れの言葉を持ちあわせていない。**クローディアはリビングに目をやり、ジョアルがうなずくのを見て心を強くする。

「家を出ます」クローディアは切り出す。

「家を出る？」相手の顔に自分の顔を押しつけるようにして、エティエンヌが裏返ったような声を出す。「なに言ってんだ、夕食会の最中だぞ？　それにいったいどこに行くつもりだ?」

「ただ家を出るんです。もう戻りません」

エティエンヌの顎にぐっと力が入ったのが見て取れる。

「エティエンヌ、どうしたらわたしたちがふたりで幸せになれるのか、わたしにはわからない。わたしたちのあいだには愛情も欲望もない。今夜わかったの。わたしたちの関係にはもう意味がないって。あるいは、もともと意味なんかなかったのかもしれないって。あなたはわかってたはずよ。もうずっと前から」

「で、きみはそれをよりにもよって、いまこのタイミングで言うのか?」

「ごめんなさい。でも、きっかけになる出来事があって……。わたしはいま、ここを出ていかなければならない。そしてあなたに話さなければならないと思ったの。エティエンヌ、夕食会のことをちょっとのあいだ脇に置いて、わたしたちのことを考えてちょうだい。わたしたちのどちらかが、この惨めな茶番の幕を下ろす勇気を持たなければならなかったのよ」

「クローディア、頼む、こんな芝居がかった演出はすぐにやめてくれ。きみになにがあったにせよ、ぼくに対するきみの不満がなんにせよ、ふたりきりになってからにしよう」

エティエンヌは声を荒らげないようにしようと努めるが、怒りのかけらがその抑えた声音を突き破る。彼はクローディアを凝視する。彼女のか細い首はすぐそこにある。自分の大きな手のほんのすぐ先に。エティエンヌは神経症の兆候がないか彼女の顔を探り、唇が痙攣していないか窺う。腹の底から怒りが湧きあがる。けれどもそれは、クローディアの驚くほど自信に満ちた態度を前にしてたじろぐ。かつて患者として彼女の治療を受けていたときに彼女の所作のなかにあり、彼を夢中にさせたやさしさと強さをふたたび目にして狼狽する。クローディアが、自分のためにもあなたのためにもなにをするのがいいのか、このわたしにだって決める権利があるのだ、と主張するのを聞く。彼はクローディアをひねり潰し、床に叩きつけ、何度も何度も蹴りつけたいと思う。こんな仕打ちをしてきた罰として。

けれどもクローディアは続ける。

「いいえ、いま出ていかないとだめなの、エティエンヌ。聞いて。あなたはわたしのことを知らない、知ろうともしない。なにがなんでもわたしの気を惹こうとするあなたの熱意を、わたしは愛だと勘違いした。でもあのときの炎は完全に消えてしまった。あなたはわたしに自分をさらけ出そうとしない、あなたの一部を少しも与えてはくれない。あなたが必要としているのはたぶん、身のまわりの世話をしてくれる小間使い、家のなかを取り仕切ってくれる執事なんだと思う。でもわたしが欲しいのは、欲望ややさしさなの。一緒になにかをしようとする関係、一緒に分かちあう夢なの。

愛なのよ」

クローディアの声が大きくなる。ジョアルがこちらに視線を向けてくる。クローディアはその視線にすがる。

エティエンヌは、ジョアルの視線が彼の肩甲骨のあいだに突き刺さっているのを感じる。背骨から広がっている怒りの波を、ジョアルは感知しているのだろうか。彼は玄関の取っ手に掛かる手が震えないようこらえる。冷たい指の関節にあたる真鍮が驚くほど熱い。エティエンヌは一瞬迷い、一歩身を引く。その隙にクローディアはするりとドアを抜け、アパルトマンの外に出る。

31

ドアの閉まる音が、レミをマノンの甘やかな声から引き剝がす。

「そろそろ電話を切らないと。またかける」

激しい動悸《どうき》にレミはよろめき、ふたたび虚空へ引き寄せられそうになる。恐慌をきたした頭で、いま耳にしたバタンという音の意味を理解しようとする。恐れていたことが起きたのだ。クローディアがジョアルに洗いざらい話し、ジョアルが乱暴にドアを閉めてアパルトマンを出ていったに違いない。レミは窓枠につかまりながらバルコニーを出る。ダイニングは無人で、仰々しく照らされた空間は役者の登場を待つ舞台のようだ。対照的に、ローテーブルに置かれた小さなランプが遠慮がちに光を放つリビングは、闇に沈んでいるように見える。レミはそのリビングにジョアルの姿をみとめる。ジョアルはリビングのソファにじっと静かに座りながら、アパルトマンの玄関のほうを窺っている。レミの口から安堵のため息が漏れる。

レミはジョアルのところに行くが、なにがあったかたずねる前にエティエンヌが戻ってくる。その顔は、薄暗い照明がつくる灰色味を帯びた影のせいで仮面即興劇《コメディア・デラルテ》のマスクのようだ。

「クローディアは今夜、具合がよくなかったんだ」エティエンヌが耳障《みみざわ》りな高い声で言う。「出ていく前に言ってたよ、きみたちに挨拶できなくて申し訳ないって。座れよ、レミ」

レミがジョアルの隣の観客席側に腰を下ろし、エティエンヌは向きあうアームチェアに座る。部屋が薄暗いせいで偽りの仮面の下から覗くエティエンヌの瞳孔《どうこう》が広がり、狂気の光彩を放っている。レミはその冷え冷えとした光を避けるため下を見る。下腹についたチョコレートの染みの上、小さな浮き輪のように腹まわりに蓄えられた脂肪がシャツのボタンを執拗に引っ張っている箇所に視線を落とす。彼は爪の先で丸い茶色の染みをこそげ取ろうとする。

ジョアルが両手を組んで片膝《かたひざ》にあて、体を前後にゆっくりと揺らす。一瞬、レミとジョアルの目が合う。

「わたしたち、たぶん、お暇《いとま》したほうがいいんじゃな……」ジョアルは切り出すが、エティエンヌの機械のような声に遮られる。

「コーヒーを淹《い》れよう。カフェインレスがいいかな?」

「ありがとう、でも結構よ、エティエンヌ」

「だけど、すぐには帰れないよ。だって、ジョアル、きみのCEO就任についてまだほとんど話していないからね。言ってたよね、ぼくがきみに伝えた極秘情報について時間をかけて考えなきゃって。早々に検討するべきだよ。鉄は熱いうちに打たないと。いまから一緒に交渉戦略を練ろうじゃないか。今晩中にカールに電話できるように」

レミは妻の冷ややかな顔を、次いでエティエンヌの固く力んだ体を眺め、いったいなんの話をしているのだろうと疑問に思う。

「カールにはさっき電話した」ジョアルが冷めた口調で告げる。

エティエンヌの表情がこわばり、額に走る三本の大きな皺がいつにも増して深くなる。

「カールはもう、わたしをあのポストに就けることを望んでない。彼は計画を見直した」

ジョアルはそう言うと、同じ情報を、今度は言葉を変えてひどくゆっくりと繰り返す。

「わたしがオリクスのCEOになることはない」

レミは妻の声に落胆の響きを感じない。それでも一応、励ましの言葉をかけようとする。だがうまい言葉が見つからない。と同時に、この状況の急変によってマノンとの約束が果たせなくなるかもしれないという自分本位な考えが頭に浮かぶ。レミはなんとかそれを頭から締め出す。

エティエンヌが引きつった笑いを漏らす。

「ありえない。カールがそんなことをするはずがない。きみにあのポストをオファーしておきながらすぐに撤回するなんて、プロのすることじゃない」

ジョアルはただ肩をすくめる。

「ありえないよ」エティエンヌは繰り返す。「だって、アレクサンドラが請けあったんだぞ。ほんの一時間前に。きみが合併プロジェクトのキーパーソンだって。きみなしではプロジェクトは成り立たない」

「わたしはついさっき、カール本人とじっくり話をした。状況ははっきりしてる。疑問の余地はない」

そしてジョアルは、明白な事柄についてもうこれ以上相手に否定させる隙を与えずに付け加える。

「もう帰るね、エティエンヌ。くたびれてるから」

レミは立ちあがると、最後にもう一度ダイニングのテーブルに目をやり、チョコレートムースの山を悲しい気持ちで眺める。ムースの滑らかな山肌は、会食者たちにほとんど手をつけられないままだった。玄関にいたジョアルに追いつき、彼女の腕にそっと手を添える。

ジョアルはレミのその仕草に微笑む。それはさっきジョアルがクローディアにしたのと同じ励ましの仕草だ。**わたしとレミは、すっかり似た者同士になった、**とジョアルは思う。**十五年一緒に暮らしたことで、どうやらわたしたちに共通する身体言語《ボディランゲージ》が出来あがったようね。**

レミはジョアルの腕から手を離そうとしない。熟知しているこの体に触れることで安心を得ながら、彼の心をかき乱している問いへの答えを、進むべき方向を指し示してくれる手がかりを探す。

無言のままふたりについてきたエティエンヌは、ジョアルが玄関のドアをあけた瞬間、甲高い声でたずねる。

「最後にひとつ教えてくれ。それでもあの合併プロジェクトは続行するんだろうか？」

「それはわからない」ジョアルはつぶやく。「でもおそらく、このまま進むと思う。カールはあきらめない性質《たち》だから。ゴールにまで行き着くはず」

ジョアルとレミはあいたドアからさっと外に出る。階段の明かりが灯る。レミは木製の踏み板に敷かれている赤いカーペットのきらめく光沢を見ながらほっと息を吐く。今宵《こよい》彼らを迎え入れた孤独な王を舞台に残していま、幕が下りようとしているが、レミはそのシーンを目にするために振り返ろうとは思わない。

32

エティエンヌは膝を開いてソファに座り、長い両腕を背もたれの上にのばす。こんな遅くにクローディアはいったいどこに行ったのだろう。エティエンヌはつねづねクローディアには確かな拠りどころが欠けているような気がしていて、人生に翻弄されていた寄る辺のないこの美しい女を彼が自分のそばにしっかりつなぎとめてやったのだと自負していた。たぶん数分もすれば、あるいは数時間もすれば戻ってくるだろう。後悔で胸をふさがれ、もう一度そばに置いてくれと懇願するはずだ。そうなればいいと思う。そうなれば、彼女を追い払う楽しみを味わえる。あるいは、いら立った隣人にめそめそするならどこかよそでやってくれと注意されるまで、固く閉ざしたドアの前にほったらかしにし、しゃくり声をあげさせればなおよしだ。

彼は運動療法士のクリニックでクローディアと最初に会ったときのことを思い出す。あのとき、彼をとまどわせるほどまで内気だった彼女の手を、背中の凝りをほぐしてくれたあのひんやりと冷たい手を自分のものにしたいと思ったのだった。クローディアに夢中になった期間は、彼が手に入れたほかの女性たちの平均と比べて驚くほど長かった。それはおそらく、クローディアが病的なほど引っ込み思案だったせいで彼女の心をつかむのに苦労したからだ。そして付き合うようになると、こう考えたのだった。家庭を持つ一人前の男の人生を歩むための伴侶として、彼女は理想的じゃないか。なにしろ自分の魅力に気づいていなそうだし、自己評価が低すぎるから夫には感謝の気持ちしか持たないだろうし、控えめすぎるから夫の自由を脅かす危険もないはずだ。エティエンヌは首を傾げる。それなのに今夜、いったいどんな風の吹きまわしで、あの臆病な小鳥があれほどの激しさで愛を手にする権利を要求するようになったんだ？

そして先刻レミに言われた言葉、つまり彼が嬉しそうに吐《は》き捨《す》てた、「おまえを愚かな老人に変えたのは、子どもを持って家庭を築きたいというおまえの唐突な願望じゃないのか？」を思い返す。あれは嫉妬に駆られてのものに違いない。ちょうどいい機会とばかりに、無惨な体《てい》をなしているジョアルとの結婚生活にまつわる欲求不満を表明したのだ。レミの言葉にはなんの根拠もない。それにたとえレミが正しいとしても、エティエンヌにとってなにが適切か適切でないかを決めるのはクローディアではなかった。決定を下してきたのはつねにエティエンヌであり、それはこれからも変わらない。クローディアはなにもわかっていない。勝手にあの凡庸な人生に戻るがいい。入れ替わり立ち替わり訪れる哀れな患者たちを相手にする単調な仕事に、ここで暮らしはじめる前のうら寂《さび》しい孤独な日常に戻るがいい。屋根裏のウサギ小屋みたいな部屋をまた借りて、戸棚とキッチンのあいだにあるトイレで用を足すがいい。ここにいれば快適に暮らせただろうに。がさつな両親が決して連れていこうとしなかったたくさんの国々を旅することができただろうに。夫の経験と知識を吸収することができただろうに。面白みのある、裕福で教養のある女になれただろうに。

クローディアに電話をして怒りをぶちまけたい、とエティエンヌは思う。さっきは怒鳴《どな》りつけることができなかった。問題が生じているのをジョアルに悟られないようにするのに必死だったからだ。数分後にはこちらのビジネスにとってまったくの役立たずであることを露呈《ろてい》するはめになる女に気を遣い、愚かにも口をつぐむことにした。いまこの瞬間のエティエンヌの唯一の慰めは、ジョアルの落胆を想像することだ。ジョアルがすべてを明かさず、保身に走っているのははっきりと見て取れた。だが現実は処置なしだ。頂上に立ったと思いこんでいたあの女は、鼻につく傲慢な態度で夕食会のあいだじゅう侮辱してきたあの女は、ねずみをいたぶる猫のようにこっちをもてあそんだあの女は、気がつけばたったひとりでてっぺんから転げ落ちていたわけだ。エティエンヌは自分自身にそう言い聞かせ、溜飲《りゅういん》を下げようとする。

立ちあがって二脚のアームチェアのまわりをぐるりとまわり、ポケットからそわそわと携帯電話を出したりしまったりする。クローディアの番号を押したい誘惑と戦う。だがこちらから電話をかけたら、相手をつけあがらせるだけだ。アレクサンドラに連絡することも考えたが、この苦境を伝えてなんの得になるだろう。一瞬、あのかわいい研修生のレアに電話するという考えが頭に浮かぶ。メールのどこかに電話番号が書いてあるはずだ。けれどもここでもうひとつ失敗を重ねたら、目もあてられない。

今夜はすっかり見捨てられた気分だ。彼はうなだれ、膝を抱えてカーペットに座る。窓を透かして、大通りを縁取るプラタナスの寂しげな並木と、整然と剪定《せんてい》された梢《こずえ》が見える。まるで世界が縮んだみたいだ、とエティエンヌは思う。自分は檻のなかをぐるぐる動きまわっているネズミだ。クローディアの檻と比べれば少しは広いが、檻は檻であり、結局どんな違いがあるのだろう？　自分は人が押しつけてくる夢を、例えば家族を持つという夢、輝かしいキャリアを歩むという夢、物をたっぷり所有するという夢を反発せずに受け入れている。エティエンヌはごろりと体を倒すとそのまま床に仰向けになり、天井のモールディングをじっと見つめる。いまにも爆発しそうな湿った怒りと嗚咽が喉の奥からせりあがってくる。

二本の指で眼球を押し、ゆっくりと呼吸する。彼が泣くことはない。わが身を嘆くことはない。失われた夢を思って幼稚な感傷に浸ることはない。やがて起きあがり、彼を取り巻く壁、このアパルトマンに満ちている百年分の知、確かな審美眼で選んだ家具や置き物、彼が支配者の歴史と文化に属していることを示す書物の数々に無理やり目を凝らす。

そして心に決める。**クローディアの代わりはいくらでもいるし、代わりをすぐに見つけてやる。それに必要とあらば、カールに直談判《じかだんぱん》してなんとしてでも仕事の契約をもぎ取ろう。**

エティエンヌは過ぎたことをくよくよと思い悩むタイプの人間ではない。なにしろ、他者をひざまずかせる特権階級に属しているのだから。

33

ジョアルは街灯が歩道に描いているオレンジ色の光の輪に視線を落とす。大通りをゆっくりと歩きながら、自分の影がのび、完全に消え、次の輪のなかでまた浮かびあがるのを眺める。アスファルトに足音が響く。パリはようやく眠りについたようだ。前方でパリの中心部に向かう細道が枝分かれしている。二本の通りの分岐点に窮屈そうに建つ建物の前面は鋭角にすぼんでいて、てっぺんに誇らしげに設けられたバルコニーは、船の舳先《へさき》に掲げられた女性像のようだ。ジョアルの視線はその建物のファサードの石造りの壁を下から上へとたどっていき、星のない空にまで達する。

彼女はレミが並んで歩いていることに気づく。

「どこに行こうとしてるんだ？　タクシーを呼ぼうか？」

「このまま歩いて帰ろうかと」

「歩いて？　だけど、二時間もかかるぞ！」

「まあ、とりあえずやってみよう。急いでるわけじゃないし」

「ジョアル……」

ジョアルは足を止める。レミが心配そうに見つめている。

「大丈夫か？」

「わからない」

レミが向きあって立つ。いつもは朗《ほが》らかな彼の顔に闇が暗い影を落とし、生えかけてきた鬚《ひげ》が食いしばる顎を強調している。灰色の隈《くま》と濃い眉に縁取られた目が、妻の無表情な仮面の下に隠されているものを見抜こうとするかのように細められる。ジョアルはレミに説明しなければならない。けれども今夜はあまりにもたくさんのことがありすぎて、どこから始めていいのかわからない。レミと腕を組み、ふたたび歩き出す。ふさわしい言葉を見つけ出すのにほんの少し時間が必要だ。彼女の沈黙に困惑しているかのようにレミの歩みが鈍り、ジョアルは腕に彼の重さを感じる。

「ジョアル、きみに言わなければならないことがある」

ジョアルは歩調を落とす。驚いたことにレミは説明を必要としているわけではないらしい。むしろ彼のほうが説明したがっている。

「おそらくタイミングは最悪だと思うんだが、ジョアル、だけどもう、これ以上きみに嘘はつけない」

ジョアルはほんの一瞬、足を止める。けれども彼女は知っている。愛人の存在にはずっと前から気づいていた。けれどもいつも、ただの気晴らしだ、遊びだ、と思っていた。いつも、レミとの物語のラストはふたりで書くものだと思っていた。三人ではなくて。彼女は失望とわずかな怒りに胸を衝《つ》かれる。けれども理性的でいようとする。結局のところ、レミにも自分自身の道を選ぶ権利はあるのだから。

「ほかに女の人がいるってこと？」つぶやくようにたずねる。

レミが驚いたように彼女を見つめる。

「歩こう、レミ」ジョアルは続ける。「言ったでしょ、これから二時間歩かなきゃならないんだから」

そう言って前を見る。そしてたぶんレミもそうしているだろうと思う。歩くことでふたりは救われる。それというのもふたりの目は交差点や分岐点に注がれ、声はぶつかりあうのではなく、並びあいながら進んでいくのだから。

「うん、そうなんだ、ほかに女性がいる。自分がいつかきみを裏切ることになるとは思わなかった。そういうのはぼくらの関係からしたらあまりにも卑劣で、陳腐だと思っていたからね。だが、そうなってしまった……。自分はまだイケてる、大丈夫だと思いたくて始まったことだが、と同時に、見返したいという思いも少しばかりあったのかもな——きみをというわけではなくて、自分自身ぱっとしないと感じてるこの人生を……。そして、ばかみたいに恋に落ちてしまった」

「恋に落ちた？」

「ああ。そんなことになるなんて思いもしなかった。彼女はすごく若くて、きみとはまったく違う……」

「レミ、相手の人のことはいい。あまり知りたくない気がする」

「すまない」

「残念だし、つらい。でも、あなたがもう一度恋をしたくなった気持ちはわかる。わたしたちの友情ではもう飽き足りなかったのもわかる」

「自分が干あがっていくような気がしてたんだ、ジョアル……」

「わかってる。わたしもそうだから」

ジョアルは感情を揺さぶられて自分の声がかすれていることに驚く。彼女が感じているのは悲しみではない。深い愛惜《あいせき》だ。

「気づいていたなら、なぜなにも言わなかったんだ？」

「わからない。待ってたのかな。それがわたしにとってなにを意味するのか理解するのを無意識に待ってたんだと思う。自分がどこへ向かっているのか知りたかったんだと思う」

「それで？」

「レミ、わたしもあなたに言わなければならないことがある。ＣＥＯ就任の件で考えを変えたのはカールじゃない。わたしのほうがそれを望まなかったの。少し休みたかったから。自分のこと、家族のことを理解しなければならなかったから。こんなことを言うのはばかげているけれど、自分が何者なのか、見失ってしまった気がしてるのよ」

レミが少し間を置いてたずねる。

「それでどうするつもりだ?」

「明日、チュニジアに発《た》つ。お祖父ちゃんが亡くなってお葬式に出なきゃならないから。必要なだけあっちにいるつもり」

ジョアルは腕をつかむレミの手に力が入るのを感じる。救急車のサイレンが夜の静寂を破る。彼女は木々が夜の闇につくり出している幻想的なシルエットを仰ぎ見る。枝のあいだでなにかが動いたような気がする。一瞬、梟が黄色い瞳でこちらを見つめているところを想像する。サイレンがやむ。街をふたたび包む静けさを味わう。彼女はレミが、おそらく意図せずにやっているのだろう、彼女と歩調をそろえていることに気づく。ラスパイユ大通りのアスファルトをふたつの影が重なるようにして滑り、ふたつの沈黙が響きあう。

34

「マダム、ラジオは邪魔じゃないですか？」

タクシーの運転手の声にクローディアは物思いから覚める。

「ええ、大丈夫です、ありがとうございます」

彼女はそれまで車内の音楽に注意を払っていなかった。耳を傾けると、スピーカーからオーティス・レディングのメランコリックな声が流れている。歌声は湾を往来する船を言祝《ことほ》いでいた。この歌手のように時間の流れに身を委ね、眠りに落ちた街のさざ波にぼんやり漂いたい、と彼女は願う。自分を病院に運んでくれる車の振動に揺られていたい。目をつぶってまどろんでも大丈夫、運転手は客を起こさないように、パリの通りを止まらずに走りつづけてくれるだろう。

窓をあけ、軽やかな風が頬を撫でに来るほどにまで顔を突き出す。モンパルナスタワーの黒い醜悪なシルエットを振り仰ぐ。**もうここまで来た。あと数分もすれば、タクシーが病院の門の前で降ろしてくれる。**じきにエデルマン医師と再会するのだと考え、医師があの深みのある声で励ましをくれるはずだと自分に言い聞かせる。じきに、幾度となく洗濯された柔らかな綿のガウンに着替え、紙のシーツが敷かれた診察台に横たわり、医師の診察と処置に身を任せなければならない。お腹の奥に入念にこしらえた容れ物《いれもの》の最後の残骸を取りのぞくのに、おそらく麻酔が要るだろう。自分はこれから意識を失い、人工的な眠りの霞《かすみ》のなかに消えていくのだ。そう考えると、波立っていた心が落ち着く。彼女は疲れている。エティエンヌとの会話に疲れはてている。これからのことを考えるのは到底無理だ。どのくらいのあいだ病院にいなければならないのかわからないけれど——数分だろうか、あるいは数時間だろうか、とにかく長くてもひと晩だろう——、いずれにせよそのあとはアパルトマンを見つけ、毎朝目を覚まし、仕事に行かなければならない。新しい人生の土台を築かなければならない。けれどもいまはそうしたことを忘れたい。

信号でタクシーが止まる。クローディアはジョアルが動物的とも言えるような本能に駆られて助けに来てくれたことを、そして自分がジョアルを信頼して彼女の手を借りたことを思い返す。ときに人生がそんなふうに共鳴しあう力を持っていることに驚嘆する。彼女は深々と息を吸い、ゆっくりと吐き出す。

「大丈夫ですか、マダム？」運転手がたずねる。

「ええ。きっと大丈夫」

姉のパオラのところに少しのあいだ住まわせてもらうこともできるだろう。何時に電話しても、姉が病院に迎えにきてくれることはわかっている。イタリア製の小さなコーヒーポットから注がれる励ましとキッチンのぬくもりを授けてくれることも、愛で包みこんでくれることも。**そしてそのあと、そしてそのあと、あなたはいったいどうするつもり？**　心の声がしつこくたずねてくる。**そのあとは、**とクローディアは答える。**時間をかけようと思う。この思いがけない悲しみを受け入れようと思う。知らないあいだにあんなに大きな場所を占めるようになっていたあの命がわたしの体に遺《のこ》していったこの奇妙な欠落の穴をまっすぐに見つめよう、と同時に、あの新しい力、人生を生きたい、誰かを愛したいと願うあの激しい欲望を大切に育てていこうと思う。**

「着きましたよ、マダム」運転手が告げる。

目の前に病院の殺風景な建物がそびえ立っている。クローディアは少しのあいだ、じっと歩道にたたずむ。じきに陽がのぼるだろう。前に進む準備はできている。

訳者あとがき

舞台はパリのアパルトマン。登場人物は四人。作中で流れるのはほんの数時間。本書の原題「Un simple dîner（シンプルな夕食会）」が示すとおり、実にシンプルな設定の作品だ。けれども、一見シンプルに思われるものこそ複雑なのはままあることで、本書も例外ではない。

物語はヴァカンス明けのうだるように暑い八月末のある日、登場人物のひとり、クローディアが自宅で夕食会の準備をしているシーンから始まる。会の開催を思いついたのは夫で弁護士のエティエンヌで、招待客は大学時代からの友人レミとその妻ジョアルだ。だが、四人とも内心では夕食会に参加することに乗り気ではない。クローディアは病的なほど内気で、彼女にとって夫の友人たちと顔を合わせることは苦痛でしかなく、招待客の到着に恐怖にも近い感情を抱いている。またエティエンヌにしても、ある思惑があってやむにやまれずこの会を企画したのであり、決して旧友との再会を楽しみにしているわけではない。一方、教員のレミはある秘密を抱えていてうわの空だし、IT企業の幹部を務める多忙なジョアルも、キャリアを左右する重大な決断を迫られて夕食会どころではない。そんな四人が一堂に介し、とりあえず表面上はなごやかに会が進んでいくのだが……。

本書がデビュー作となるセシル・トリリは一九八〇年生まれでチュニジア出身の父を持つ。フランスの理工系名門グランゼコールのひとつ、パリ国立高等鉱業学校を卒業後、大手企業数社で管理職を経験したのち、二〇二〇年以降は非定型発達児を対象とする学校の共同設立者としてその運営に関わっている。ネット上に公開されているアシェット社のインタビューによると、幼少時から書くことが好きで、ティーンエージャー期までは小説を数多く執筆していたとのこと。その後長いブランクを経て、四十代になってまた書きたいという強い思いが湧いてきたらしい。図書紹介誌"Page des libraires"のサイトで紹介されているインタビューでは本書の執筆の経緯について、「書くことを通じて出自、女性の地位、キャリア、カップルといった多様なテーマに迫りたかった。物語についてはまずラストシーンを思いつき、そこからプロットを紡いでいった。その後、時間と空間が限定され、そこで登場人物たちが身体的にも精神的にも窒息しそうになっている形式を採用することが心理的ストレスを描くのに格好の手段だと考えた」と語っている。

ここで言う「形式」とは密室を舞台とする形式を指す。実際、本書はアパルトマンという閉ざされた空間で展開しており、それにより緊張感、圧迫感、閉塞感がかき立てられている。加えて、感覚描写が多いことも特徴だ。むせ返るような暑さ、スパイシーでホットな料理、流れ出る汗、じめじめと体にまとわりつく湿気、頬を上気させ、頭を朦朧とさせる酔い、引き裂かれるような腹部の痛み。そうした身体感覚のディテールが積み重なって息苦しさが増幅され、登場人物たちの心にじわじわと影響を及ぼしていく。四人四様の心理の変化を繊細な筆致でリアルに描いているところが本書の大きな魅力だろう。

また登場人物はみな問題や悩みを抱えていて、この晩夏の夜、室内に物理的に閉じこめられているのと同時に精神的にも身動きが取れなくなっている。本書はいわば人生に行き詰まりを感じている登場人物たちがそれぞれに出口を模索する物語であり、だからこそラストシーンはある者にとって「解放」の意味を持つ。

本書の視点人物は四人だが、メインはふたりの女性だ。片や、運動療法士として自立はしているが夫の陰に控えていることをよしとし、夫を通じて自分の世界が豊かになるのではないかという望みにすがって生きている内向的で自分に自信がないクローディア。こなた、チュニジア移民の両親を持つ貧しい階級の出だが、努力を重ねて出世を遂げた外向的で自信溢れるジョアル。対極にあるふたりは夕食会の開始時には互いに距離を感じているが、物語が進むにつれて、そのどちらもがいまの自分の居場所に完全には馴染めていない状況が少しずつ明らかになり、社会における女性の複雑な立ち位置が浮き彫りになってくる。ふたりの関係が数時間の夕食会のあいだにどう変化し、それぞれが相手の人生にどんな影響を及ぼすのかは本書の大きな読みどころのひとつだろう。

なお、本書は著者のデビュー作ながら見事、第一回ジゼル・アリミ賞（二〇二三年）に輝いた。ジゼル・アリミ（一九二七〜二〇二〇）は弁護士、フェミニスト活動家、政治家としてフランスで活躍したチュニジア生まれの女性だ。当賞は女性の解放と自由、および男女間の平等と友愛を提起する作品に与えられるもので、審査員のひとりは本書を「反逆へ向かう女性たちを描く、一触即発の密室劇」と賞賛している。

本書を訳していてとくに印象的だったのは、歓喜のさなかにいたジョアルがこびるような男性陣に囲まれ、彼らの顔に映し出されている自分の姿を目にしたことで酔いの快楽が不快へと変わっていくシーンだ（本書七七頁）。人は自分が何者かを知るのに他者からのまなざしも必要なのだとつくづく思う。と同時に、外から見える姿がその人のすべてではないのだということも。また夕食会、ことにカップルが集うホームパーティーはほかのカップルの関係性やホストカップルの暮らしぶりと所有物を間近に見ることでもあり、それらに照らし合わせて自分の生活や人生、自分とパートナーとのあり方を振り返る機会になりやすいのだろうとも感じる。本書の登場人物たちも会食者との対話や他者からの視線、家にある小物などに触発されて自問自答するようになり、それが人生の軌道修正へとつながっていく。始まりと終わりでそれぞれの人生が変わっている、ささやかながらも驚きを秘めた夕食会を描いた実に味わい深い作品だ。

翻訳にあたっては、講談社の市川裕太郎さん、株式会社リベルの方々にお世話になりました。この場をお借りしてお礼を申しあげます。

二〇二四年十二月

|著者|

セシル・トリリ

パリ国立高等鉱業学校(ENSMP)卒業。2020年に非定型発達の子供たちのための学校「Walt」を共同設立。2023年、『ちぐはぐなディナー』(原題:『Un simple dîner』)でデビュー。同年、本書で第1回ジゼル・アリミ賞を受賞。

|訳者|

加藤《かとう》かおり

フランス語翻訳家。国際基督教大学教養学部社会科学科卒業。訳書に『異常《アノマリー》』(エルヴェ・ル・テリエ)、『生き急ぐ』(ブリジット・ジロー)、『夜、すべての血は黒い』(ダヴィド・ディオップ)、『ちいさな国で』(ガエル・ファイユ)、他多数。

ちぐはぐなディナー

2025年3月17日　第一刷発行

著者　セシル・トリリ

訳者　加藤《かとう》かおり

発行者　篠木和久

発行所　株式会社 講談社
〒112-8001 東京都文京区音羽2-12-21
電話［出版］03-5395-3506
　　［販売］03-5395-5817
　　［業務］03-5395-3615

本文データ制作　講談社デジタル製作

印刷所　株式会社KPSプロダクツ

製本所　株式会社国宝社

ISBN978-4-06-538485-5
N.D.C.913 206p 19cm